七粒扣

乔叶 著

译林出版社

图书在版编目（CIP）数据

七粒扣／乔叶著.— 南京：译林出版社，2021.8
ISBN 978-7-5447-8698-0

I. ①七… II. ①乔… III. ①中篇小说 – 小说集 – 中国 – 当代 ②短篇小说 – 小说集 – 中国 – 当代 IV. ① I247.7

中国版本图书馆 CIP 数据核字（2021）第 081182 号

七粒扣　乔　叶／著

责任编辑　黄文娟
装帧设计　周伟伟
校　　对　蒋　燕
责任印制　单小莉

出版发行　译林出版社
地　　址　南京市湖南路 1 号 A 楼
邮　　箱　yilin@yilin.com
网　　址　www.yilin.com
市场热线　025-86633278
排　　版　南京展望文化发展有限公司
印　　刷　苏州市越洋印刷有限公司
开　　本　850 毫米 × 1168 毫米　1/32
印　　张　8.5
插　　页　2
版　　次　2021年8月第1版
印　　次　2021年8月第1次印刷
书　　号　ISBN 978-7-5447-8698-0
定　　价　48.00元

目录 | Contents

给母亲洗澡

1

浴室的门错着巴掌宽的缝儿，母亲让我关严实，我说没事儿。她说了两遍，我也这么应了两遍，她就不再说了，只是不时警惕地朝门那里看看。和在老家相比，在郑州的她，气势上缩小了好几个尺码，显得怯弱了许多。此时脱了衣服，她明显更怯弱了一些。

在自个儿家里，怕啥呢。我说。

不怕啥。

怕人看你呢。

那可不怕。就这一把枯树老皮，怕啥。不怕啥也不兴开着门呀，谁开着门洗澡呢。

可我得听着泥蛋儿的动静呢。

哦。那把门儿再开大些吧。

泥蛋儿是我年方四岁的小侄子，我弟弟的宝贝二胎。泥蛋儿是母亲给他起的小名儿。他整日里哒哒哒地跑来跑去，没个安生时候。弟媳妇小娜跳广场舞去了，侄女去上英语强化班，弟弟方才下楼说去买点儿东西，我不得操着小家伙的心？

果然，他就哒哒哒地跑了进来，奶声奶气地喊：奶奶脱光光啦。

瞎叫个啥！母亲满是宠溺地呵斥，眼睛就粘在了泥蛋儿身上。对这个小孙子，她是怎么看都看不够。

吆！吆！奶奶脱光光啦。泥蛋儿叫得更起劲儿。在幼儿园学会起哄了。

谁说我光了？还穿着裤衩呢。母亲低声说。她确实还穿着裤衩，宽大的平角裤，白底儿起着小蓝花。

那叫底裤！不叫裤衩！泥蛋儿纠正。

叫啥都中，叫啥都中。

你也脱光光呗。我怂恿泥蛋儿。

才不哩。我不洗澡！他一阵风儿地跑了出去。

低处的龙头汩汩地放着水，水位慢慢地往上涨着，眼看着泡住了母亲的腿。母亲坐在浴缸里，水汽缭绕中，像一尊像。自然不是佛像菩萨像观音像，可不知怎么的，就是像一尊像。

她用左手往身上一下一下地撩着水。也只能用左手了。自从中过两次风之后，她的右半边身体就越来越像是摆设了。

我把高处的花洒取下来，拿在手里，也往她身上冲着水，说，先洗头吧，不然头皮黏糊糊的。先洗了就清爽些。母亲说，也中。叫身子先恶服恶服。

我说，对，恶服恶服。

恶服，特指浸泡脏污。除了豫北乡下的老家，我再没听说过别的地方有这个说法。洗脏衣服脏床单，洗油腻锅碗，又或者洗人，总之，但凡是洗，但凡是洗之前的浸泡过程，都可以叫作恶服。恶，脏污。服，顺服。只有把脏污泡软，让它们顺服，接下来才能好好清理。这么理解是不是很合适？不曾见过老家有谁把这个口头语转化到字面上，反正我就是这么理解的。

母亲闭上眼睛。我把花洒举在母亲头顶，水流倾泻下来，母亲本来就花白的头发更花白了，本来就稀少的头发更稀少了。头皮大片地露了出来。花洒冲左边，左边头皮露得多，花洒冲右边，右边头皮露得多。

突然想起小时候母亲给我洗头的情形。大约是每周一回，彼时我的发量称得上是茂盛，这个频次就有点儿过低。没办法，母亲忙，我也贪玩，把时间凑到一起不太容易。洗头又不是什么要紧事，能拖就拖着呗。我每日里胡天胡地地疯跑出汗，头发里最是容易藏污纳垢，挨到必须要洗的时候，往往是因为母亲隔着饭桌都能闻到我头上的酸臭味儿。于是洗吧。此时我脑袋上已经攒了许多“锈疙瘩”，要把“锈疙瘩”梳通，总是要费些劲儿，也总是有些疼的。于是母亲骂骂咧咧，我鬼哭狼嚎。一个像在上刑，一个像在受刑。每次洗也都要用好几盆水，可真是一项大工程啊。

等到渐渐长大，自己知道了干净，我就再也不让她洗头了，自己洗得勤快得很。再后来，就是给她洗头了。用过硫黄膏，用过“蜂花”，用过“飘柔”。到现在，我用的已经是防脱洗发水了。弟弟家里用的是“润源”，大概是个新牌子，没怎么听说过。

水小点儿，多费。母亲说。

我调整着花洒，让水流变小。

这城里水贵得，能赶上早些年的油价钱。

瞧您说的，到啥时候油都比水贵。

那是。油不比水贵，那还能叫油？昨儿小娜才买的那油，叫啥瓜子油，恁小一瓶，都花了一百多哩。

是葵花子油。

就你会洋气。葵花子不是瓜子？

是，是。

自从母亲中风后，我就不怎么顶撞她了，她的脾气也被我惯得没了边儿，动不动就指责我训斥我，在我跟前要尽威风。

油跟水，不是一物，就不能比。人整天得喝水，谁整天喝油哩。油得炼，水用炼？天上下雨下雪那都是下水哩，啥时候见过天上下油？叫我说，水就不该让人掏钱买。水跟土一样，都是老天爷赏人的。

中风一点儿都没有影响母亲的嘴皮子。利落得很，甚至更利落了。直到花洒冲洗发水的泡沫时，她才闭上了嘴。

2

已经有五六年了吧，每年入冬之后，母亲都要来郑州住两个月。暖气开通一个月后来，在腊八之前一定回去。

她原是不大愿意来的，每次都要我和弟弟三求四请，软磨硬泡，她才会勉强答应。泥蛋儿出生之后，她就很情愿过来了。她跟我说，过来住一住，对谁都好。大儿子一家能好好松快一段时日，闺女和小儿子也能好好尽尽孝。谁的心里都得劲儿，谁的面子上都光鲜。

别以为我没看出来，你就是想多看看你这小孙子。

那可是。她慨然道。

大孙子不亲?

你个挑事儿精。大孙子也亲，可那是老大家的。弟兄们再好，一门是一门的根儿。要算细账的话，我平日里亲大的多，还亏了这小的呢。

水流中，母亲脸上的皱纹更明显了，老年斑和黑痣也更明显了。在水光的润泽下，这些倒也不颓丧，是闪亮亮的一种明显。她的左眼角有一个月牙形的小疤。听她讲过很多遍，那是“大跃进”的时候，我姥姥在村外和社员们大炼钢铁，我母亲和小伙伴们偷偷跑去看，你推我搡的，根本不知道害怕，越看离炉子越近，忽然间，炉子里爆出来那么一团火星子，直朝她飞过来，把她的一大片头发都烧焦了。

还好没破相。每次她都会这么感慨。以往我都会回敬她“那是您有福气”之类的，这次我决定改个说法。

要是破了相，可怎么嫁进我们老李家哩。

你个龟孙，花销你老娘来了。她骂。笑盈盈骂人的母亲，总是特别有光彩，那个神采奕奕的模样，好像根本不曾中过什么风。

母亲第一次中风是在大概十年前。那一年春天，我们家最靠北的那块地被“规划”了，说是要修一条高速公路。规划者补偿了一笔钱，说是收了当季麦子就不许再种庄稼，不定啥时候就会动工，到时候会毁庄稼，谁种谁心疼。有的人家就让地荒着，也有人家不舍得让地荒着。在母亲的唠叨下，大哥大嫂就在那块地上种了玉米。进了农历八月，玉米穗眼看着一天天结实了起来，突然有一天就被工程队全部铲倒了。第二天，母亲就催着大哥大嫂和她去地里捡玉米。正值秋老虎，那天也是热极了，一大片地里有好几个人中了暑，母亲则是中了风。

第一次中风后，母亲的后遗症并不怎么严重。我闻讯赶回家时，她都下了床在厨房门口择菜了。我埋怨她，你看看你，多不值当！地都是人家的了，你还非得要那点儿庄稼！

母亲说，地是地，庄稼是庄稼。

人家不是把庄稼钱都给咱了吗？

钱是钱，庄稼是庄稼！母亲的神情都有些严厉了。

我只好沉默。只听她自顾自地唠叨：也不知道那些货是咋想哩，恁造孽，不可惜庄稼。就不能跟咱们早说个一两天，容咱们收收？

母亲很快就开始了貌似正常的一切举止。其实那时她的右肢已经没有足劲儿了，可她但凡在村里行走，就会格外注意保持平衡。她说不能让人看出来，不能让人笑话，也不能让人可怜。

水汽氤氲中，母亲微闭着眼睛。这可以让我从容地看她。她在郑州期间，我的主要任务，一是给她做一次全面体检，根据体检情况开药调理——只要不是大问题，母亲就绝不住院。她抗拒医院。她的口头禅是：那是啥好地方？不管身上有病没病，到了那个地方，心里就先病上了！二呢就是常来看她，除了周末两天必陪，周二或者周三下班后我也会抽空来一趟，送点儿吃喝穿戴，再给她洗洗头发，简单擦擦身子。痛快洗澡的日子都是这样的周六晚上。周五我还要上一天班，太过紧张。周六上午能舒舒服服睡个大懒觉，午饭后到超市大肆采买一番，再来到弟弟家，给母亲洗晒一下床单衣物，然后早早吃过晚饭，细细致致地给她洗这个澡，顺便好好说说话。

这两个月间，在我的反复恳请下，她也会光临一次我家，但绝不过夜，晚上必定要回到弟弟家。

没听说过“七十不留住、八十不留饭、九十不留坐”？万一出了啥岔子，我可不能在别人家丢了最后那口气。她说。

我这里又不是别人家。

还就是别人家。她叹口气：闺女再好，也是门亲戚。

最初听到这话，免不了要跟她辩几句。后来就不辩了，随她。

唉，这日子多不经过，你老娘我可是都七十五啦。母亲突然说。她总是这样，会突然强调一下自己的年龄，语气里有骄傲，也有感伤，似乎还有一种释然。

不算大。加把劲儿，再活个七十五！我说。

油嘴滑舌。母亲翘着嘴角，微微笑了。

这是我的母亲。她总是自称老娘。有时我也这么叫她：老娘。娘老了，就是老娘。老了的娘，就是老娘。虽然没有了老爹，但我是个有老娘的人，这就不错。即使她中过两次风，也不错。

3

水流中，母亲耳朵上的金耳环亮闪闪的，手上的金戒指也是亮闪闪的。这是第二副，她戴着也有十年了吧？给她买第一副的时候，是我刚结婚不久。结婚时我没有让丈夫买“三金”，母亲一直暗戳戳地引导着我要，说咱们又没要啥彩礼，也没叫他买啥好衣裳，好歹有个“三金”戴着，办事儿那天也不会显得太素净。说得我没了耐性，明明白白地跟她说我不喜欢，她挺纳闷，说那是多好的头面啊。我说，那我叫他买一副给您戴吧。她狠狠地啐了我一口。

不知什么时候起，我一回村看她，就听她左一句右一句地提，村里哪个老婆子戴了金戒指，哪个老婆子戴了金耳环，有闺女的都是闺女买，没闺女的都是儿子买。她口气里很不屑，嘲笑人家烧包。我问她，你是不是也想烧包？她就骂我。我说我也给你买。她说你可别狂花钱，我可不是那轻浮人。我就买了一副“三金”给她。她先是叫着说，一样儿就中了，你还买三样儿！人家新媳妇儿也才三样儿！然后拿在手里看了看，就放在了一边，说，你就是买了我也不戴，我可不是那轻浮人。我说，闺女我是个轻浮人，就想叫你戴上，叫人家夸我孝顺，戴呗戴呗。她说，那我就戴个耳环吧。就戴上了。又说，顶多再戴个戒指。就又戴上了。项链死活不戴，说村里的老婆子没人戴。照着镜子看了看，又讪笑着说，怪没脸的。又说，恁贵。又说，你就是杆实心秤，就不会买个假哩？买个假哩也中，看着黄啦啦的就中，外人谁知道是真是假哩。我说，我又不是买给外人的，我是买给亲娘你的。你要是后娘，我就给你买个假哩。谁叫咱是真娘真闺女呢，可不能戴假哩。

起初她还是不大舍得戴戒指，说干活儿不利落，又说怕把金子磨少了。只有走亲戚之类的重要场合她才会戴上。有一次，她在村里吃酒席回来，和面的时候取了下来，等蒸完馍却怎么也找不到了，也想不起放在了哪儿。急得哭，骂自己老没成色老没材料，拨拉着大哥一家子都给她找，还把刚蒸好的馍一个个掰开找。后来终于在案板和灶台墙的夹缝里找着了。再后来，她就常常戴着了。说是不怕丢，又说是金货避邪。

那些时，老有新闻说，有骗子专门到信息闭塞的乡下去骗老年人的金首饰，我就有些担心。她好强，若是直接提醒她她肯定不接受，我就曲线救国，每次回去就弦外有音地跟她扯闲篇儿，讲哪儿哪儿又发生了一起什么故事。听到后来她还是恼了，说响鼓不用重锤，在这十里八乡，你老娘还算是个响鼓，省省你的锤吧。

可她还是上了当。那次她去镇上赶集，看见一个地摊前围着很多人，她就也凑了上去。摆地摊的是一个白胡子老头儿，穿着白衫，有点儿仙风道骨的样子，是个“野先儿”——我们老家都这么称呼到处流逛的游医。人挺和气的，说起话来慢条斯理，稳妥妥的。他面前铺着一块干干净净的白布，白布上摆着一堆草药，说这些药能消炎，能解毒，能去火，能顺气，最关键的是，他还会免费送出几服药，只不过得挑有缘人。他一眼就挑中了母亲，说母亲一看就儿女双全，上辈子积德积得厚，这辈子就该有福报。他就给福人再添点儿福吧。只是在给药前，得先做个测试，金戒指和金耳环会影响测试的准头儿，需得摘下来。母亲就取了下来，

“野先儿”叫她交给他保管，母亲有些犹豫，“野先儿”笑着说，老姐姐，这么多人看着哩，你怕啥。我这里有平安符，把这两样贴身物给你包一包，还能再送给你个全家无论远近老少儿女子孙都平安的大平安哩。

母亲就交了出去，眼珠不错地看着他把戒指耳环放进了红彤彤的平安符中。“野先儿”还对着平安符吹了一口气，才放在了一边儿。他给母亲的手腕上涂了点儿药水，看看颜色，说测试合格。接着就给母亲包了草药。包好药后，他把药和平安符一起给了母亲，嘱咐道第二天才能打开平安符，若是时辰不到就打开的话，“法力”就散了。

事实上，从镇上回家的半路上，母亲就开始心神不宁。快到村口的时候，她还是没有按捺住，忐忐忑忑地打开了平安符，发现金戒指和金耳环都变成了假的。虽然也是“黄啦啦的”，却是铜的。她转头就往镇上走，到了集上，集还热闹着，那“野先儿”的地摊却如她最担心的那样，消失得无影无踪。她站在不远处，看见原来摆摊的地方站着两个老太太，一个在骂，一个在哭。

母亲没有上前。她说她看清楚了情况就走了。她怕人家也看出来她是丢了金货，她这个响鼓已经叫骗子的锤擂过了，喧嚷出来只会让别人的锤一擂再擂，她丢不起这个人。这事儿憋在了她心口，那两天她都没有吃下饭，然后就病了，发烧不止。任谁怎么问都闷着不理。大哥打电话给我，我赶紧返回，我一进门，她的眼泪就淌了出来。我问了好半天，她才吞吞吐吐地说了缘故。她一边哭，一边痛骂自己老没成色老没材料。我说，没事儿，就当丢了。丢东西又不是丢人。她说，丢东西就是丢人！我说，我再买不就得了。她说，可不要了。你那钱也不是大风刮来哩。

话堵到这里，我就不劝了。她懊恼了半天，终于还是回转了过来，犹犹豫豫地说，都知道闺女给我买了金首饰，以后走到街上，人家问她：你闺女给你买的黄啦啦哩？我可咋说哩。我连忙接住话茬说，咱再买呗。你又不是丢了闺女，闺女又不是没有钱，咱又不是没地方买。她扑哧笑了。想了想，说那项链一次都没戴过，还崭崭新哩，你拿去换成戒指耳环吧。我说不行，“三金”一样都不能少。她说，那这回真的买个假的吧，我看我也不衬戴真哩。我说，咱买两副，一副真的一副假的，你想戴哪副就戴哪副。过了一会儿，她又心事重重地说，人家要问原来那副哩。我说，你身上的物件儿谁操那闲心呀。她说，这你可不知道，满村就那几个人，谁在街上咳嗽一声，不看脸儿就能听出是谁的喉咙。这是寻常物件？这可是金首饰哩，黄啦啦地晃着，那就是会说话哩。谁不看在眼里！

我说，这也简单。你就说，郑州的店里有活动，能以旧换新，闺女非要换个新鲜样式给你戴嘛。谁叫你养的闺女太孝顺嘛。她这才畅快起来，骂道：还孝顺死你个龟孙哩。停了好大一会儿，才像发布世界上最重要的真理一样说：唉，还是有个闺女好呀。

4

洗完了头发，洗发水的泡沫也落了一浴缸。一朵一朵地漂在水面上，像一朵一朵虚幻的花。母亲坐在花里，有点儿不像是母亲了。

泥蛋儿又哒哒哒地跑了进来。

奶奶坐在奶油里啦。他喊着，就凑过来用小手去掬泡沫。

这可不能吃。母亲慌忙说。

我知道！我又不傻！他想把泡沫往母亲脸上抹，又够不到，差点儿跌进浴缸里。我只好用湿淋淋的手一把抱住他。

你也脱光光吧，和奶奶一起洗。

我不！我不和女生一起洗澡！

我和母亲一起大笑起来。

俺泥蛋儿多乖，都能分清男女呢。

原本就得意扬扬的泥蛋儿更得意扬扬，他指着母亲的乳房说：奶奶，你也有咪咪！

母亲笑得合不拢嘴。招呼他：吃奶不吃？

我才不吃！我从来不吃！

咦，你可不知道你那时候吃得多欢！

你胡说！你胡说！

泥蛋儿朝母亲撩着水，母亲也朝他撩着水，祖孙俩闹得不亦乐乎。不一会儿，泥蛋儿也湿淋淋的。我干脆擒拿着他，把他剥了个一干二净，飞快地给他冲了个澡。刚给他洗好，弟弟也回来了，我们俩在卫生间门口，一里一外，把泥蛋儿给交接了过去。

给泥蛋儿冲澡的时候，母亲就那么盯着泥蛋儿，简直都舍不得眨眼睛。

母亲的第二次中风，就是因为泥蛋儿。这事儿说起来，其实也跟人家泥蛋儿没啥关系。在我大嫂怀我大侄子——也就是母亲的大孙子时，母亲去邻村的观音庙里上了香。她说那个庙里的观音就是灵，当然也是因为她诚心诚意地跪够了一个时辰的缘故，所以才得了大孙子。因此呢，她认为小娜怀泥蛋儿的时候，她也有必要再去上上香。在我们的坚决反对下，她做了暂时的表面的妥协，到底还是趁大哥不注意，自己偷偷跑了去，跪够了一个时辰，起来的时候就又犯了病。那时已是深秋，霜降刚过。

那一次，我们谁都没有埋怨她。有什么可埋怨的呢？埋怨又有什么用呢？

我能生个儿子，也是因为您跪了吧？过了很久之后，我和她开玩笑。当然我也得到了意料之中的回答：这可不能居功。我可没跪。要跪也是你婆婆去跪，人家是当奶奶的嘛。我去跪个啥？

因为把最小的泥蛋儿放在了心尖尖儿上，母亲有时候说话就会失了分寸。我们几个都常给她一些零花钱，这些年她大概存下了有三四万，对这钱的归属她早就宣扬过，说，那都是泥蛋儿的，你们可谁都甭想。这话惹得大嫂和小娜都不大高兴。大嫂不高兴她偏心，说，偏就偏呗，面儿上咋也得平嘛，赤裸裸地偏了小孙子，把大孙子往哪儿搁？小娜不高兴的是，又没多少钱，显得咱沾多少光似的，我可不想承老太太这人情，实在是犯不着。妯娌俩都有理。我们也只能承认，老太太是有些老糊涂了。

母亲的皮肤上已经有了一层薄薄的灰白膜，看样子是“恶服”好了。我便开始给母亲搓澡。先从脖子搓起。她脖子下深深的颈纹一道叠着一道，像是起了皱的棉布。我尽力把纹撑展，一下接着一下，慢慢儿地搓。

你轻点儿，当我是搓衣板呀。

我便把手劲儿放得更轻些。其实我都没怎么敢使劲儿了。如今的母亲比以前瘦多了，也更容易疼。

搓完脖颈，我开始搓胳膊。很快，灰白色的泥垢便滚成了一小条一小条，有点儿像是……像是什么呢？对，像是炒熟的碾馔。碾馔，如今知道这种东西的人恐怕不多了吧，更别说吃过了。碾馔用的食材就是已经饱满却还没有变坚实的青麦粒，把这种青麦粒放到石磨上去碾，一遍一遍地碾，碾成青绿色的小条条，这就成了碾馔。母亲炒碾馔的时候，会放很多大蒜。有时候再奢侈一点儿，会再破个鸡蛋，那更是清香四溢。

背还是重中之重，需要的时间最长。母亲的背并不是那么宽阔，却也得让我搓上好大一会儿。搓着的时候，像是在锄地。像是在给庄稼松土。像是玉米出苗后给它们间苗。需要搓两遍。先是从上往下搓，然后从下往上搓。以前，我只是从上往下搓，母亲总觉得不够过瘾，嫌太顺当了，就要我从下往上再搓一遍。我便听她的，从下往上再倒搓一遍。这样搓完之后，母亲方才觉得圆满。

搓着搓着，母亲的背就有点儿红了。如果她的皮肤很白的话，跟我的皮肤一样白的话，那此时应该是很红很红的，可是她的背，因为苍老的缘故，因为黑的缘故，只是显得有一点儿红。

背上搓下来的“碾馔”也最多。缤缤纷纷地落下，颇有些规模。母亲身上还能搓下这么多“碾馔”，这真好，真好。在欣悦的同时，我的心里也有一个黑黝黝的地方正在塌陷：真怕母亲身上能搓下的“碾馔”越来越少，越来越少——这简直是一定的。甚至有一天，再也没有了“碾馔”，就像一块土地停止了对麦子的供养。那就意味着，我再也没有老娘了啊。

妈，我都好几年没吃碾馔了。

咋想起这口儿了。母亲道：要吃也得等明年的新麦啦。

5

二十多年前，母亲也曾给我搓过一次背的。迄今为止，那是我记忆里最深刻的一次搓背，因为疼。那时我还没结婚，刚上班没多久，有一次，往老家打电话，母亲在电话那边喜滋滋地告诉我，镇上新开了一家澡堂子，“可卓了”。卓，这也是我们老家方言，很漂亮，很不错的意思。不久，我回去看她，就带她去镇上洗澡。澡堂果然很“卓”，居然还开设有包间。我想要个包间，母亲不肯，说别烧包了。你刚上班，才挣下几个？省下那钱，买点儿啥不好？

于是去洗大间。已是初冬，又是周末，洗澡的人还挺多的。熙熙攘攘的裸体中，母亲一层一层地脱着衣裳，也不大敢看别人，神情很是有些羞赧。我三下两下脱光后，就去帮她脱，她一把把我推开，说：别管我。我只好等她脱完，然后帮她把衣服归置到柜子里，又给她拿来拖鞋，扶着她走进浴室，让她先进池子里“恶服”，母亲一进池子就碰见了邻村的熟人，那个老太太也是闺女带着来洗澡的。母亲和她热络地聊着天，才渐渐自如起来。

等我在淋浴间洗完，母亲也在大池子里“恶服”好了。我把她从池子里扶出来，给她搓背。那时候的她，还只需要搓背。那时候的她，背厚实得像案板。那时候的她，总是让我使劲儿再使劲儿。那时候的母亲，还很年轻，那么那么年轻。

给母亲搓完之后，轮到母亲给我搓了。她可是真下力气啊。搓了第一下，我忍着。第二下，就忍不住了，我说：疼。母亲说：恁娇气。第三下的时候，我从她手掌心里逃了出来，说：别搓了。太疼了。母亲说，不这么着哪能搓干净呢。我说，反正我不搓了。

你快把我的皮给搓掉了。就是那一次，我的背当时就被母亲搓出了一道道的血印子，之后还结了一层薄薄的痂。我给母亲看，母亲还是那句话：恁娇气。母亲其实用不着搓澡巾。她的手掌就像一个搓澡巾。

姑姑，你在干什么？换过衣裳的泥蛋儿又进来了。

给我妈妈搓澡呀。

我也想搓！

不行！

为什么？

因为这是我的妈妈呀。我的妈妈，就只能我来搓。

泥蛋儿乌溜溜的眼睛瞪着我。

你等你妈妈回来，给你妈妈搓就好了呀。

哦——

你姑姑诳你的。母亲朝着泥蛋儿伸出左手，说，俺泥蛋儿真孝，恁大点儿就知道给奶奶搓澡，来，来搓两把。

泥蛋儿就猴上来。我只好抱着他，让他学着我的样子，在母亲背上搓了几把。

搓得恁卓。俺泥蛋儿恁仁义，恁乖。

记得回头给你妈妈搓澡呀。

孩子都得给妈妈搓澡吗？

对呀。

哦。

搓够了，泥蛋儿又跑了出去，只听到他大声喊：爸爸，你为什么偷懒，不给你妈妈搓澡！

和母亲笑了一会儿，我继续给母亲搓。搓她的腋下，搓她的两肋，搓她的乳房。褪掉她的内裤，搓她的肚子，她的小腹……她的身上有很多疤。大大小小的，都有缘故。小腹上那道长长的疤，是生完弟弟，做结扎手术留下的。左大腿上有几个耙齿痕印，是上世纪八十年代初，刚分地没多久，大哥借了“小四轮”耙地，大哥开车，母亲就站在耙上压耙。耙在土地上跌宕起伏，把母亲摺倒了，母亲的左腿被耙齿耙住，她大声喊着，可是“小四轮”的声音更响亮，大哥根本听不见。直到邻地界干活儿的人觉出了异样才把母亲解救了出来。左手腕上的小疤，是那年父亲得了癌症，母亲病急乱投医，在一个“野先儿”那里求了药，还按吩咐放自己的血做药引子，原本只是咬手指放血，嫌放得少，也放得慢，就割了自己的腕，这回倒是放得足了，差点儿没止住。右乳正上方那个小疤呢，则是她自己用铁棍烙的。那里不知什么时候起长了个软软的小肉瘤——后来我确认了一下，那叫皮赘。她听人说用烧红了的铁棍烙掉就行，居然就真的那么做了。而且居然真的也没事，只是留了这么一个小疤。她对此很是得意。

这么想起来，母亲倒是没有因我留过疤——唉，她眉心的那个小圆疤，我怎么给忘了呢？那是母亲怀我的时候营养不良，月份越大越难熬，在家里纳着鞋底都能晕倒，一头磕碰在了桌角上，伤好后就有了这个疤。后来讲起这事，她还挺有幽默感地说，都说怀闺女的娘更傻，敢情俺闺女就是叫俺这么傻的呀。

最后搓的，自然是母亲的脚。母亲的脚，左大拇指有点儿歪，因为十来年前骨折过。当时她正在做晚饭，猛听见大孙子在门口号哭，就慌忙往外跑，跑得太急，就被门槛绊了一下，把大拇指给拌折了。她当时根本没在意，直到实在不能忍了才去让村里的赤脚医生给看一下，上了点儿跌打损伤的药。定型之后，大拇指就成了这个样子。

没啥。又不妨碍干活儿。她说。好像这世上最重要的、最要紧的事情，就是能干活儿。

6

给母亲搓好了第一遍，再搓第二遍。第二遍，灰白的“碾馔”就少多了，只是零零星星的几小条了。

第二遍搓完。母亲道：这可搓净了。哪个汗毛眼儿都在出气儿呢。

要把浴缸洗一遍才能再换水。怕母亲在浴缸边沿儿坐不稳，我便把弟弟叫了进来。我把浴巾围拢在母亲腰间，母亲用左手紧紧地捏住浴巾两端的合口。我扶住母亲，叫弟弟去洗浴缸。弟弟埋下头，唰唰唰地清洗着浴缸里的污垢，薄薄的，属于母亲的污垢。

搓出这些腌臜，能上几亩地了。母亲说。这个“上”，是给地上粪的意思。

弟弟把污垢刷干净后，又用花洒把浴缸冲了又冲，冲了又冲，仿佛想冲出一个最新的浴缸。

中了二小，这还不干净？还能咋干净？费水。老贵。这些个水，也能浇老大一片地了。

在郑州，母亲的思维永远是要和豫北老家对比着来的。听小娜说菜价，她会说老家这些个菜一块钱能买一大兜。听小娜说电费，她会说这一个月电费够村里谁谁谁一年的了。有一次，说得小娜不耐烦，就说她：老家是农村，这可是省会。母亲竟然接话道：叫我说，为啥叫省会，就是因为啥都恁贵，更得省着。省会省会，省着就会，不省不会。此妙语一出，遂成了我们家里的金句。

水能有多贵！弟弟说。他不抬头，闷闷的，口气有些凶。

你看看你这孩儿。都说不当家不知柴米贵，你这都当家多少年了，还不知道柴米贵？还恁不识说。恶声歹气的，还吃人咬人哩。

弟弟抬起头看着母亲，嘿嘿嘿地憨笑着，那样子比泥蛋儿还呆萌。

妈，你可真会给人安罪名呀。弟弟说。

母亲也笑了，说：我自己的孩儿，那还不是想咋说就咋说！

刷干净后，我和弟弟扶着母亲——弟弟几乎是半抱着母亲——让她重新在浴缸里坐好。在这个过程中，母亲一直用左手紧紧地捏住浴巾两端的合口，生怕浴巾掉了似的，直到弟弟出去方才松开。

母亲坐稳妥之后，我开始放新水。水哗哗地流着，水位一点一点地上升着，像是正在生长的柔软水晶。母亲就坐在生长着的柔软水晶里，微微闭着眼睛，似乎是要睡着了。

我一边往母亲身上撩着水，一边有一搭没一搭地逗她说话：妈，早些年，你跟我爸都咋洗澡啊？

汉们讲究啥，咋着都能洗。夏天河里洗，冬天烧盆热水抹抹搓搓就中了。我就是在家洗，咱那个大红盆，用了多少年。

妈，咱们今年过年去旅游吧？别在家招待亲戚了，老烦人。

那可不中。大大长长的一年，不待亲戚？跟亲戚们说甭来啦俺要去外头耍？那可不中。

妈，要是真让你挑个地方去耍，你想去哪儿？

真要叫我挑呀……她忽然有些不好意思地抿了抿嘴：想去南京和北京。说起来，你在北京上的大学，二小在南京上的大学，村里可有人问呢，南京啥样？北京啥样？还怪想说说嘴呢。

那为啥哪回叫你去你都犟着不去?！我气得把毛巾摔到了浴缸里。

你个龟孙。说闲话哩，咋还恼了？母亲睁开了眼睛，倒是笑了：如今说想去，算是迟了？

不迟！我恶狠狠地说；等过完了年，天一暖和了就去！

唉，不去了，我也就是说说。看景不如听景……

必须去！

中中中，去去去。

……

水放够了。无须再搓，我便用毛巾轻轻地擦着母亲。擦她的大腿，擦她的大腿根儿，擦她的屁股，擦她的膝盖，擦她有些僵硬萎缩的右腿……擦着我能擦到的她的一切，她松弛的、下垂的一切。

再次擦胸乳时，视线向下，我看见了母亲的小腹。累累垂垂的横纹，如同一条条微型的道路，黄中带褐的肤色恰如土地，道路的颜色则要深一些。道路中间的阴影时宽时窄。小腹之下的阴部毛发，则是如雪如盐的纯白。

似乎是打了个盹儿，母亲突然闪了一下，睁开了眼睛。

妈，咋样？洗好了吧？

可好了。

卓吧？

可卓了。她满足地叹了口气，说：都说有闺女给洗大澡是福气，叫我说，能洗上这小澡才是福气哩。

又胡说了！

——老家规矩，临终前用清水抹洗全身，叫洗大澡。这是女儿们要做的事。

我喊着弟弟，让他过来。弟弟进门的时候，母亲喊了一声：嘿。我扭头，看见她指着浴巾。可是这时弟弟已经进来了。他走到母亲身边，想要去扶母亲，母亲把他划拉开，等我拿着浴巾过来，又给她围拢到腰上，才让弟弟架到她的胳膊下。

母亲说，看看我这一身水，别弄你身上。

没事儿。弟弟说。我能听出来，他肯定是哭了。

至此无山

1

他还是决定和她去八大处公园。酒店里没有散步的地方，两个人待在房间里，也不是那么回事儿。要是实在尴尬，还可以爬爬山。到这里半个月以来，总归每天都要爬山的。

二十年呢，毕竟。若不是他的电子邮箱还一直用着，相隔着二十年，她怎么可能找得着他呢。

见见也好。

乍一出楼，热浪袭人。走上几步，适应了一下，就觉出这热有点儿虚张声势。应该是楼里的中央空调凉气太足，两相对比太强烈的缘故。进了 8 月，上礼拜就立了秋，酒店又在这半山腰上，即使是这饭点刚过的正中午，又能热到哪里去呢。

一出酒店大门，他就看见了她。不自觉地，他小跑了起来。

他很快意识到了这一点，随即缓成了正常步调。有多久没这么跑过了？对于他而言，跑已经很不适宜了。这一脚一脚踩出来的，不是地面，是仪态。一跑起来就会丢了仪态。如今，仪态这东西，他怎么能随便丢呢。

她在槐树底下的石头上坐着。树叶绿得深浓，枝丫间还累累垂垂地开满了槐花，趁着几盏红灯笼，让整棵树显得很中国。她穿着白裙子，戴着白帽子，低头看着手机。身形看着一点儿也没有发福，恍惚还是以前的样子。

喂——他喊。

她站起身，一脸灿烂的笑。太灿烂了，顿时陌生起来。

马路上正连续过车，他站在路这边，和她对视着。白帽子下，看不清楚她的眼睛。在车和车的间隙里，他们对视了几个回合，眼神似乎都有些闪烁，他便做出东张西望状，像是在看车。

终于没有了车。他慢慢地过了马路。

她似乎比以前还瘦了一些，头发也理得这么短。

抱歉，久等了。

什么久等，就一小会儿。

热吗？

不热。心静自然凉嘛。

吃饭了么？

吃了。

那，找个地方坐坐？他指着她身后的公园：里面有茶馆。

好。

他掏出两张卡，递一张给她。公园收费，每张票十块。酒店和公园签有协议，每个学员都有一张红通通的门禁卡，对检票员亮一亮这张卡，就可以免费进。

满耳蝉鸣。一条很宽的直路铺在脚下，也很长，像是可以无边无际铺下去似的。右手边是个小荷塘，还有零零星星的荷花在开着。两个人的脚步此起彼落，扑沓，扑沓。论起来，这么多天来，还是第一次有人陪着他在这里散步。

该说些什么的。从哪里说起呢？二十年的体积过于庞大，切口还是小一些吧。

这些天在忙什么？

看戏。

什么戏？

豫剧。这个月你们豫剧进京展演，我可看了不少。

能听懂么？

当然能。有听不懂的地方也不打紧，有字幕呢。前儿是最后一场，唱的是《大登科》，那个角儿，我以前就听过他的戏，唱得好。

哦，那个人。他有个外号，叫洗面帝。

这是哪里来的说处？他给洗面奶代言了？

有一年，新上任的省委书记接见豫剧名家，他发言的时候说，您来了之后，我们文艺界的春天就来了。我听了您关于豫剧的指示后辗转反侧，夜不能寐，激动不已，以泪洗面。媒体把他这些谄媚话都曝了光，他不是演过皇帝么？网友们就叫他洗面帝。

这倒霉催的，肯定是得罪过记者。

他着意地看了看她：还以为你会说他活该呢。

他又没说错话。

难道不觉得很浮夸？

有时候，有些事，还真需要有人这么说。他那么一大把年龄，又是唱老生的，还是团长，这些话他不说谁说？由他说出来，总比一个唱青衣的年轻旦角说出来更合适吧。如今这么个大形势，戏剧这件事，必须靠领导。领导要是不扶持，怎么可能维持得下去。她自顾自地说着：就是不知道领导听了是什么感觉，会不会骨酥肉麻。也不知道有多少人对他这么说过，他会相信么？要是不相信，那岂不是叫人家白说了？我担心的是这个。

他无声地笑了笑。她以前可不这么随和。

那些话，肯定不会白说。虽然领导么，也不会相信。

你又不是领导，怎么会知道——哦，我忘了，你现在也是个领导了吧。什么级别？

他顿了顿：厅级。

厅级，比处级高吧？

厅级么，就是客厅一级的。他笑。天忽然变得格外热，他汗水涔涔。茶馆在哪里呢？三处还是四处？虽然每天都进来散步，他的记忆却突然模糊起来。

2

一辆三轮车停在十字路口的东北角，依着一棵槐树。一个男人坐在旁边的长木椅上打盹儿，头一点一点的，像是在梦里也附和着什么。扇子掉在了地上，扇面上画着大喇喇的梅兰竹菊，落了几朵真槐花。车斗子里是荷苞，一扎一扎的，全是直挺挺的花骨朵儿，齐刷刷地扎在白色的水桶里。怪不得荷塘里的荷花那么少，敢情全都在这里呢。还有莲蓬，也是一扎一扎的，摆在旁边。荷苞粉嘟嘟的，莲蓬翠生生的。

她把头趋向荷苞，使劲儿地闻着。

要一把么？

不要。可是我想拍个照。她说着把手机递给他。

把帽子抬抬。

取景框里，她原本有些黄黑的脸被粉嘟嘟的荷苞映衬着，也有些红润了。她如今这么爱照相了，居然。

年轻时不爱照相，觉得自己太丑。等到又老又丑的时候才想通，你跟美的东西照相，难道是想跟它比美么？那你怎么能比得过？美这个东西，就是用来欣赏的，贴近的，服从的，不是用来较劲的。这么想着，它就能来滋润你，营养你了。

听着她这番飘着鸡汤味儿的话，他只沉默。她的话，比以前稠得多了。

上了一个大坡，就进了灵光寺。灵光寺是二处。寺里有一座佛牙舍利塔，在离寺很远的地方都能看到。他每次走到这里都会顺时针转塔三圈，早就背熟了这塔的来历。不待她问起，便像个导游似的对她解说，这塔名为佛牙舍利塔，自然供着佛牙舍利了。二层是舍利阁，阁内有一座纯金的七层宝塔，供奉着释迦牟尼的一颗灵牙。据说释迦牟尼的舍利有八万多颗，以佛牙舍利和佛指舍利最为珍贵，佛牙全世界只有两颗，其中一颗就在这里。

这塔……她仰望着。

他也跟着她一起仰望。天蓝莹莹的，有云慢慢地飘过，似乎是塔在动。

这塔……这半截子话，她又重复了一遍。这让他觉得有义务接一下，便告诉她，是八角十三层密檐，有五十多米高。

她说，觉得这塔有点儿新。他说这塔是1949年后起的，才四五十年，可不是新么。佛牙舍利原本供奉在另一座塔里，那塔叫招仙塔，是辽代建成的，人都叫辽塔，立到1900年，被八国联军的炮火轰废了，只留下了一个塔基。

这塔，她又说，我怎么不记得了呢？

脑子就那么大的地方，总得腾旧进新，哪能什么都存放着。

也是。

要不要转转塔？

好。

她的脚步细细碎碎的，慢慢走在他后面。他假装看手机，把脚步放得更慢，让她超过了他。跟在她后头，他看着她的背影。她的肩膀，还是那么窄小。

三圈走完了。

再走几圈吧。她说。意犹未尽的样子。

他们走了九圈。她在塔前的蒲团上跪下，磕了三个头。他在一边看着。待她起身的时候，他本想拉一把的，却只是虚虚地伸了一下胳膊，然后指了指左后方，说，去看看辽塔吧。

辽塔不是塔，但总不好叫它塔基。也是奇怪，它分明只剩下一个塔基了，却似乎比新塔更像一座塔。偌大的塔基分出了三层，第一层和第三层都是实心的石雕，第二层镶嵌着镂空的佛龛。在第一层往第二层收势的砖阶上，摆着许多观音像，大多是白坯底儿的瓷，有的镀着金粉，有的勾着金边，有的描着青花。也有些别的质料，黑的像是陶，黄的像是泥，还有的泛着铁锈绿。有的观音是孤单单站着的，有的是几尊并排。有的旧些，有的新些。有的放在佛龛里，更多的，就是立在砖阶上。这么多的观音像供在一起，按说是有些俗气的。可聚在这斑驳的塔基上，反而既清新又温暖，相称极了。西南角上有一棵葱葱茏茏的菩提树，树枝斜下来，给观音们搭出一片婆娑阴凉。

那个，她远远地指着一尊观音：是送子观音吧？

不认得。

这些观音，又静又美，跟张火丁似的——你知道张火丁吧？

话题这么跳脱，倒像是以前的她了。

好像听说过——那边池塘里有鱼，去看看吧。

她跟着他走过来，仍然在说张火丁。她的《锁麟囊》你应该看看，说不定你会成为她的脑残粉儿。她有很多脑残粉儿。别误会，我可不是。我是王君安的脑残粉儿，君安也有很多脑残粉儿。只要有君安的戏，就会有好多粉儿从美国加拿大专程回来，千里迢迢，万里迢迢，打个飞的，无非为了看她一场戏。

她认识你吗？

认识。这么多年了，她的搭档都认识我了。你也应该看看君安，看她的现场。我跟你说，看戏一定要看现场。这就跟看足球赛似的，一定、一定要看现场。

……

君安，那真是个好角儿。她的戏，真是角儿的戏。看戏看的是啥？就是角儿嘛。看戏看戏，谁是戏？谁有戏？就是角儿嘛。从古至今都这样，角儿是戏的灵魂，是整个舞台的主心骨儿。不把戏演得炉火纯青，那也不能叫角儿。唱戏的人有多少？能出来的角儿也就那么几个。张火丁，王君安，都是个顶个的好角儿。

张火丁，这名字……

有点儿怪是吧？据说原本是要叫灯的，不知怎么的，就把灯拆开了。不过，火丁比灯更有意思呢，是吧？她的粉丝，都叫“灯迷”。

她的戏，好在哪儿了？

好像他的问话层次太低，简直不知该从哪里答起，她寻思了好一会儿，方才开始循循善诱：你知道程砚秋程派吧？程派怎么来的你也知道吧？是程砚秋的嗓子坏掉了，成了烂嗓子，他在自己嗓子的基础上创立了程派，所以程派的特点就是曲折婉转，缠绵低回，柔韧深沉。张火丁是女人么，女人的嗓子都会亮一些，她要唱程派，就得往下压。她就把嗓子搁在了这儿，喏，搁在喉咙这儿，就搁成了音箱的效果，醇厚得很。也不光是这，她的小腔也处理得讲究，字字精心，句句贵重，人称“程腔张韵”。不过，她的唱只是她成就的一部分，她更好的是做。

做，就是水袖吧？

水袖只是做的小小一部分。张火丁么，水袖功夫自然是极好的，可这种明显的花活儿，对于大气磅礴的京剧来说，还不是最要紧的本事。最要紧的本事在更细节的地方。比如眼神，张火丁的眼神，那真是好得没法子说。所以啊，你可一定要看看《锁麟囊》。

……

前面就是翠微茶社。

喝茶？他问。

再往上走走吧。回来再喝。

好。

3

他每天都会走到六处。每天都是晚饭后。晚饭是五点半开始，一般六点钟左右能吃完，大家就三三两两地进了公园。来回一趟，快些的话五十分钟，慢些的话一个小时。第一天爬，他就算好了时间。

他都是独自走。爬山的时候结伴而行，说说笑笑，打打闹闹，他已经很不喜欢，或者说很不习惯了。爬山就是爬山。他一开始就打定了主意，要一个人，慢慢地，心无旁骛地，苦行僧一样地，爬。

其实也不太容易。这个时辰，学员们除了有应酬的和贪小酒的，大多也都会来到这里散步。也都是一把年纪了，谁不念叨着健身养生呢。前前后后，便都是熟面孔。起初逢到有人企图和他并行聊天，他还会找个接电话上厕所之类的小借口，后来便不需要了。拒人千里的气息虽是无形，一旦散发出来却也是一道铜墙铁壁。谁是傻子呢。

越来越独。这是从他当了一把手后开始的么？自从当了一把手，他前呼后拥的时刻越发多了起来，他也越发明白了什么叫作孤家寡人。与其被假模假式地前呼后拥，还不如这样干脆利落地做孤家寡人。回环往复的山道上，慢慢地走着，听着自己呼哧呼哧的喘气声，他由衷地觉得，这挺好。

坡度不大，却也还是很吃力。他们一点一点爬着，一会儿就满身大汗。好在路边总有树，摇曳出一片一片的阴凉，不怎么晒。路中间也常常会出现一棵树，这种树的待遇比较特别：石块砌成一个圆筒，把树高高地围起来，里面堆着满满的土，长着稀稀落落的狗尾巴草，埋了一大截子树干。到处都有蝉的踪迹：蝉蜕在树上挂着，路面上也会有死蝉，蚂蚁们正绕着忙上忙下。

那次来的时候，也不记得有这么些树。她说。

二十年里，有多少树不能长啊。她自己又哂笑。

不时有树根从山石缝里凸鼓出来。他们仔细瞧了一番，树是从石头砌的墙面上硬斜出来的，也不知道是先有墙还是先有树。如果是先有树，砌墙的人能够特意留这么一下，自是一份善心。如果是先有墙，树在这墙上扎下了根，也是一股子狠劲。

他给她在树根下拍照。她气喘得厉害，整个上半身跟个小风箱似的，拍照正好可以让她缓一缓。

还住在窦店？

嗯。

属于良乡？

房山。离良乡不远。

地铁开通了么？

要是开通就好了。

我记得，挨着河北。

嗯，离保定近。

保定……不对吧？

让我想想，哦，是涿州。

你看看你。

唉，涿州和保定差不多嘛，涿州过去不就是保定嘛。

那保定和郑州还差不多呢，郑州和西安还差不多呢。

哈哈哈。

八里庄那边，近些年又去过么？

前年有个什么事路过了一次。那条河修得很好了。那边房子都七八万一平方米了。青年路附近有个大悦城，周边的房子也有六万多。

还是你有远见，买房子还是值。

什么值不值的，不过是有个地方住罢了。

你那个房子，有一百平方米？

北边阳台那里搭成了一块厨房，算起来有一百一了。

你弟弟，还跟着你住？

他早就在隔壁小区买了房子。我一个人住。

一个人住，还行么？

没什么不行的。

想怎么样就怎么样，倒是随意自在。

才不是。我很自律的。你想不到吧？我把自己安排得满满当当的。每天六点，有时候甚至更早，五点半，我就会起床。最晚不过六点半，我是肯定起来了。起床之后开始打扫卫生，擦玻璃，擦地板，把屋子搞得一尘不染。八点钟吃饭，八点半雷打不动地喝茶，喝到九点半。边喝茶边听戏，边看手机，或者看看书。九点半坐到电脑边，开始工作。公司虽小，好歹也是个公司么，再怎么垂帘听政，多少也得操点儿心。我弟弟那脾气，你知道的，可不能全由着他。十一点半，开始做饭。十二点半吃完饭，收拾一下，一点睡觉，三点起床，又开始喝茶，听戏，再处理点儿工作……七点钟左右肯定把晚饭吃完了，九点钟之前上床睡觉。

没听到你锻炼身体的环节。

可是我很勤劳地打扫了卫生呀，也能置换成锻炼身体了吧，哈哈哈。

可以买一个跑步机。

买了，太占地方，我干脆把它靠南窗放着，天好的时候用来晒被子，哈哈哈。

我记得，房子里有一棵树。

当时设计得不合理，开发商硬是把一根管子戳到了屋子中间，没办法，装修的时候只好用东西包了一下，做成了一棵树。

很大的树呢。

对，很大的树。

那树，还有吗？

有。

我记得，还失了一次火。

是啊，那次火。……天这么热，不要说火了吧。

4

越发热了。蝉嘶鸣着，像是夏末的绝唱。本来听着焦躁，这么一想，倒是心平气和了。他本想把这点儿想法说给她听，再一想，又罢了。这么多年，他咽回了多少到嘴边的话，也不差这一句。况且，她已是这么热闹。这会儿，她的手机里正放着王君安，也正说着王君安。

我现在对戏，你知道懂到了什么程度吗？比如君安，她哪里有一丁点儿错，都逃不过我的法眼。他们每一场演完，不都要开一个总结会么？我一定会出席，他们都拿着一个小本子，我说一条他们记一条，我说两条他们记两条。

戏这么熟，得一遍遍地看吧？不烦？

一听你就是外行。怎么会烦呢，越看越有意思。像我这等看戏的人，谁看故事呢。故事会有多复杂？早就炖烂到心里了。一场场地看，是对角儿的感情，是对戏本身的感情。戏到哪儿该怎么演，角儿到哪儿该怎么唱，我们在意的是这个。

……

有一回，我们在上海看君安的戏，有一段，她该跪着唱的，可是不知道怎么了，她就站着唱完了。一般观众哪里看得出来呢？还有一回，她演贾宝玉，黛玉死了，宝玉不是去哭灵么？有一个动作，是贾宝玉要扑向灵床，然后抚床哀唱，可是君安扑到灵床那里后，突然不唱了，只是哭。乐队正伴着奏呢，突然听不见她唱了，也不知道是怎么回事，大家都纳着闷，也不敢停，就只好把这一段再拉一遍。拉到第三遍的时候，君安才开唱。你说，这种情况，一般观众哪里看得出来呢？

怎么回事？忘词了么？

忘词她也有过，不是这回。这回是她扑向灵床的时候动作太猛，狠狠地磕住了腿，太疼了。当时我就看了出来。演完后我们去后台看她，一问，果然是。她说是疼到了极限，不用哭灵眼泪都刹不住。

呵呵。

戏里演女人出嫁，新郎不是要挑盖头么？剧团的道具嘛，有时候不大好。盖头都有流苏，用的时间长了，难免挂得丝丝缕缕的，有时候挑到一定程度就挑不下来，就会挂在那些假珠翠头饰上。君安不是唱小生么？常演新郎。她有时候很乖，唱着唱着，就自然而然地绕到新娘身后，替新娘把盖头摘利落。有时候呢，她就不那么乖，就不管新娘，新娘没办法，就只好自己把盖头摘利落。

呵呵。

小生的戏装你注意到了没有？掩襟不是在这里么？有个扣子系着。她有时候甩袖子甩得太用力，就会把这个扣子甩开，那个襟就会耷拉下来，就会很难看，这个她也犯了不止一回。还有一个就是忘词。她忘词的时候哼哼唧唧的，那个样子……唉，我们君安就是这样啊。

然后呢？你们很不满意吧？

怎么会不满意呢？我们很满意。看来你根本不知道什么叫脑残粉。所谓的脑残粉，意思就是，她怎么样我们都很满意。尤其是对着外人，我们会齐心协力地维护她。对于她，我们就是溺爱，毫无原则毫无底线地溺爱。有时候，我们只是假装不满意，其实很满意。小处不满意，整体很满意。

可是，她这么多毛病，也太要命的吧？

要什么命嘛。对有的角儿是要命，对有的角儿就不是。角儿么，一般都是先天足加后天补，有的是先天不足后天大补，君安呢，属于先天十足后天不怎么补的。我们君安，十一岁就考进福建的芳华越剧团开始唱戏，十六岁唱红上海滩，二十六岁的时候，一任性，想要去美国留学，一拍屁股就去了。学的专业和戏曲一点儿都不沾边儿，你根本想不到，是经济金融。在美国待了十年，才又回来唱戏。你听听，这就是她干出来的事。要不是凭着胎里带的灵气慧根，还真说不准美国那十年把她的戏丢到哪儿了。不过，话说回来，要不是那十年，她的戏也唱不出现在的味儿。我刚讲的这些也都是很久以前。现在，我们君安可不这样了，比起年轻时候，她可是懂事多了。现在的她也才算是真正成了角儿了。我跟你讲，但凡是角儿，那一定是人戏合一的。所以，人太年轻的时候是很难成角儿的。他们可能会名声很响，很红的样子，但离真正成角儿，还远着呢。就像胡歌，你说他二十来岁的时候就已经是全民偶像，成角儿了没有？似乎是成了，其实没真成。直到他经历了车祸，经历了那生死之间的一晃荡，才真成了角儿。那以后演的戏，才是角儿的戏。角儿，总得世上的事一件件地来磨，磨够了，才成真角儿。

……

不过，话再说回来，磨得太过了，也能把角儿磨废。黄梅戏的严凤英，评剧的新凤霞，都是这。新凤霞那个疙瘩腔，真是风情万种。她老公是谁你晓得吧，是吴祖光呢，开玩笑。哎呀，你听，这鸟叫的，也不知道是什么鸟，还有点儿疙瘩腔的意思呢。

……

一段平路之后，右拐，上一道大弯，大弯尽头是一座小亭子，往前过了“至此无山”碑，再左转过一座小桥，桥那边就是六处香界寺了。

5

在一串巨大的葫芦中，“至此无山”碑并不显眼。葫芦全是大红底儿錾着金纹，每个葫芦上都写着一个字，依次念去，是：福、禄、寿、喜、财、吉、运、顺。“至此无山”在福和禄中间。

她又要求照相，他便给她照。然后，他们便看那碑。“至此无山”四个大字是红漆隶书，左侧的跋是小字，黑漆行书，跋上说，这是出自乾隆题八大处的诗句“西山至此更无山”。

以前没有这葫芦和碑吧？

没有。

至——此——无——山——，怎么就无山了呢？这不都是山么？口气这么大，好像也是在说这山是最高的似的，可这山一点儿也不高。她说。

他们走到碑后，碑后是一个长木椅，他们坐下。这一处山体是凹进去的，围栏之外就是悬崖。眼前无遮无挡，进入视线的全是山下的房子和道路，灰茫浩大。右下方的苍翠里，那座佛牙舍利塔高高地立着。离它不远处，就该是那座招仙塔。虽然看不见它，可是他们都知道，它就在那里。

哎呀，有蚊子！

我这里有风油精。

她开始涂风油精。在胳膊上，手上，腿上，脸上，只要是露出来的地方，她都一遍遍地涂，像上油漆似的。风油精的味道很快在周遭弥漫开来。

有喧嚣声越来越近，原来是几个嘻嘻哈哈的小年轻，有男有女。他们是从上面下来的。他们在“至此无山”碑拍着照，议论着这是到了几处，有人说这几处几处的说法好像政府机关似的，也不知道每个处有几个处长副处长。也有人说这是官迷才会这么想，看到处这个字，他想到的就是处男处女，惹得一群人爆笑。

他看一眼她，她的嘴角也挂着笑。

这人，跟你那时候一个德行。她说。

他笑了一下。

累不累？还往上走么？

不走了。

好。

他们一起朝山顶那里看去。好像能看见什么似的，其实也看不见什么。沿着香界寺的外墙是一溜儿石阶，据说有三百多级，这些石阶爬完，就是七处的宝珠洞。宝珠洞再往上就是山顶了。在山顶的三岔路口，沿着朝北的路一直走，就能走到香山。香山和八大处之间的界有一道矮墙。当年，他们几个人就是翻过了那道矮墙，从香山进到八大处。

那个三岔路口，也不知道还在不在。她说。

在呢。路口这东西，谁有力气搬走呢。

时间呗，它有的是力气。多少繁华的水陆码头，到现在都荒了呢。她说。

他沉默。他只在第一天走到了山顶，三岔路口的西北角上有一栋小房子，房子前有个冷饮摊，他坐了一会儿，喝了一瓶“北冰洋”。跟黝黑健壮的老板娘聊天时知道，这个路口原来是有名字的，叫一片石。

山风徐徐吹来。顿时清凉。

艾春，你们现在还有联系么?

有，断断续续的。去年倒是见了一面。我到哈尔滨办事，给她打了个电话。她正放暑假，真想不到，她那样的坏脾气，也能当老师。她非得让我去玩，我就拐了个弯。

你这个弯，拐得可真够大的。

她有个亲戚承包了一片安达草原，她带我去那里玩。我们坐着个小拖拉机进了草原里，你可不知道，想到草原深处，还非得坐那样的拖拉机不可。草原嘛，你看着天苍苍野茫茫的，很好进是吧?实际上一下雨，那里面的淤泥可深呢。我们坐的是手扶拖拉机，轮子特别特别大，淤泥就拿它没办法。对了，还见到了艾春的女儿，很漂亮，比艾春漂亮多了。

……

艾春又给我包了一顿大馅馄饨，酸菜馅的。也许是我心里作怪，总觉得没有那时候好吃了。那时候总是饿，吃什么都香。

你在坛子里泡的辣椒，真辣。

你才吃了几个？每次都是我从你的盘子里拣出来吃掉的。

还是不喜欢吃肉么？

嗯。

那时候，你唯一爱吃的肉，就是鸡脆骨。

现在也是。

小钟……

艾春说他们早就断了音信，是死是活都不知道。

他闭了闭眼睛，试图想起小钟的样子，却是徒劳。艾春和小钟是一对，他和她是一对。四个人一起爬香山时，艾春和小钟已经挑明了，他和她还糊涂着。艾春和小钟爬得飞快，一直和他们拉开着距离。他们嫌他们碍事。他们不知道，他们也嫌他们碍事。就是在香界寺外墙的石阶路上，他哄她有蛇，趁着她惊慌，抱住了她，第一次亲了她。后来他们真碰上了蛇，他吓得跌了一跤，她倒是比他镇定得多。

那一天，下完香界寺的台阶，天色已经暗了，两对人便开始喊山。这边喊，那边应，对歌一样。

那天晚上，也是他们的第一次。

下山也不轻松。小腿一直紧绷着，免不了酸痛。他在网上搜过一些小窍门，说上下山的时候走“之”字会让肌肉稍微放松一些，不易疲惫。他还一直没有试过。这会儿，倒是想试试了。

好啊好啊。她欢欣雀跃地积极呼应着。

这么走是不好并排的。要么她在左，他在右。要么他在左，她在右。偶尔的一刻，他和她才会同步在左或在右。寂寥的山路里，他们这么走着，像两个玩游戏的孩子。

咱们喊喊山吧。在靠东端的一个拐角处歇息的时候，他说。

好。

一、二、三!

哎——

哎——

你的声音比我长。

我是男的嘛。

回声并不悠远。他还想再喊一次。可又有喧嚣声靠近，也便罢了。

走“之”字还有一个好处：不用说话。他在心里数着“之”字，数着数着就忘了。待走到翠微茶社的时候，到底也不知道走了多少个“之”字。

6

翠微茶社里没几个人，很静谧。他们在廊厦下坐定，点了一壶白茶。在等茶的工夫，他们酣畅淋漓地落了一阵子大汗。等大汗落尽，开始喝茶的时候，便又开始出汗，这汗却是小的，细细密密地往外渗着。蝉鸣离得远了。其实蝉并不远，只是有树一重一重地隔着，便显得远了。

翠微，这个词，你知道从哪里来的么？她问。

他犹疑了一下。当年，如果他说李白有句诗是“却顾所来径，苍苍横翠微”，她会撇着嘴巴说：“就你有学问啊。”如果他说不知道呢，她还撇着嘴巴说：“怎么连这个都不知道啊。”那个时候的他，话比她稠，却常常被她冷不防地一拦，就噎在那里，脸红脖子粗。

不知道。你知道？

我也不知道。知道这个做什么？管他呢。她说。

又说起了茶。服务员说是已经放了三年的福建白茶。她感叹说安吉的白茶也很有名。他说春天刚去过湖州，到了那里才知道安吉白茶跟这个白茶是两码事。安吉白茶其实是绿茶，也就是春茶，是一年也放不得的。也只有这福建白茶才跟普洱一样搁得住放，一年是茶，三年是药，七年是宝。这茶，刚好成药。

药要有这么好吃就好了。她斜睨他一眼，你对茶还挺懂的，到底是为人民服务还是为人民喝茶？他笑笑说，也不知道方才是谁夸口，一天雷打不动喝两巡茶来着，连常识都不懂，也好意思。

茶香淡淡地萦绕着，风油精的味道还在。

身体怎么样？

肩膀今年开始疼了。

五十肩嘛，可不是该疼了。她说。

有这说法？

也是常识。四十八，花一花。说的是眼。五十肩，粘一粘，说的是肩膀活动受限，就是肩周炎。

六十呢？

六十耳。

耳什么？

耳聋呗。

孔子不是说六十耳顺么？

聋了，什么是非闲话都听不见了，可不就顺了么？没错的。

他转脸去看旁边的水牌。牌上贴着翠微茶社的招聘广告，待遇是一天一百五十块。如此按天来招，想来也是不好留人的。

空气这么好。我来这里做几天零工，怎么样？你可以天天来蹭茶喝。她说。

好啊。

就是钱太少了。我还是在自己家里喝吧。在我家的树下喝。

……那棵树，失火之后，也得再整一下吧？

基本还是原来的样子，稍微变了一点儿。有一次，一个小朋友过来，对我说，屋子里有树不好，假的也不好，还这么大。树还吸阴，尤其对女人不好。老人们讲故事的时候不是常说，去地里干活儿回来，天已经黑了，在村外的大树底下看见一个什么什么东西站在那里……

多小的朋友？

八零后。

男的女的？

男的。

哦。

哦什么哦，有什么好哦的，我跟他没啥。怎么可能有啥呢。他一直跟着曾祖母长大，那老人家今年都九十多了，知道的事情特别多，跟个民俗博物馆似的。他问了老人家，按照老人家的意思，给我买了一块很漂亮的吊幔，迎着门遮了一下，算是有了玄关。还在树上给我装了一盏小灯，挂了个念经机，循环播放佛歌佛乐，这么着，就把这个问题解决了。

那次失火，到底是为什么？

……跟弟弟置气呗。那一天中午，准备吃饭的时候，又跟他吵了一架，把他撵出了门，我也在卧室哭，灶上烧的菜都忘了。

抱歉。

你抱歉什么。命中注定的。

……

其实说到底，还是因为买了这个房子。要是没这房子，可搁哪儿失火呢？

歪话。

话歪理正嘛。他跟着我在北京打拼，也不容易。如果算钱，倒是好说。我多少他多少，明明白白，干脆利落。可是买成了房子，那么大一个物件摆着，又那么贵，再买一个不知轮到哪年哪月了。他虽有女朋友，可是排到婚嫁，我又比他大，怎么也该先紧着我。这些心思他又不能明说，一来不占理，二来面子上也挂不住——他总还是个大男子汉的，怎么好跟亲姐姐争。这么掂量掂量，只好挑你的不是。我再能干，也只是个女儿，二老自然要向着他这个宝贝儿子，就任着他要死要活地胡搅蛮缠……这些个，我捋了好几年，才捋明白。

也是因为我穷。号称停薪留职北漂下海，却没挣着什么钱。要是当时挣着了钱，买个房子……他沉吟着，卡住了。

那就不会有现在的领导啦。她笑道。

他也只好笑起来。

她说，弟弟成婚后，先是一起住了两年，隔壁新小区开盘的时候，他们的首付正好也凑得差不多了，就给弟弟又买了一套两居室。接着就是弟弟有了孩子，二老又从老家过来帮着带，也是住在她这里。上了年纪的人，免不了病的痛的。二老照顾孩子，她照顾二老。父亲先走的，是脑出血。三年之后，母亲又走，是心梗。给母亲办完后事，她也住了一段医院，也是心梗。

这里放着两个支架呢。她拍拍自己的胸，说：进口的，贵得很。

他跟着她的动作，眼神在她胸口停留了片刻。

你这年纪，太早了些。他说。

知道自己的病以后，我就明白了上天的深意。我这种身体，怎么配有孩子。

他沉默着，不知道该说什么。

幸好，你的前途也没被我耽搁。

他更不知道该说什么了。

你这仕途，也算春风得意吧？我都没顾上问，家里一切都好？

他点点头。也只能点头。他的这些年，可怎么跟她说呢？头婚，二婚，大儿子，二儿子……没办法说的。至于明晃晃的进步路上垫下的那些，每一份任命文件里有着多少艰难……这一切，怎么能说呢。没办法说的。还是听她说吧。

不止一件事，让我知道，上天，真是自有深意。你记得吧？你送过我一个红色的钱包。给妈妈办后事的时候，当时我不知道怎么想的，可能是觉得亲切，也可能是觉得好玩——你知道，冥币的面额都是上亿的——我留下了一张，装在了那个钱包里。没多久，我就也心梗了。我出院后，那张冥币不见了。

他当然记得那个钱包，是真皮的。他买了两个，他黑她红，总共花了四百多，对于当时的他来说，算是大手笔了。两个钱包里各放着一帧他们的小合影，是他们特意去影楼拍的，红底儿，两寸，两张粉扑扑的脸——他们都化了淡妆——准备往结婚证上贴的。他的钱包和照片早就没有了。

还有一件事，就是大概四五年前，有一段时间，老有人给我说媒，让我相亲。我也见了几个，虽是没有中意的，可也有些纠结，想着自己就一个人过一辈子么？心里就乱乱的。一个下午，我坐在阳台上，闭着眼睛晒太阳，晒着晒着，一睁眼，看见右手边的地上，盘着一条大虫子。不是蛇，跟小蛇差不多大，盘成了一个圈，是碧绿色的，晶莹剔透，很好看，也很诡异。我的汗毛都立起来了。

你把它怎么样了？

找了一张纸，把它撮到了纸上，从阳台上丢了出去。

不是幻觉吧？

不是。现在跟你说起来，我还能很清晰地看见它的样子。我想了很久，想着那个虫子到底意味着什么。听信佛的人说过，在佛祖面前打坐到一定境界的时候，你闭上眼睛，意念里就会有很多东西从蒲团下面跑出来，什么蜘蛛啊，蟑螂啊，蜈蚣啊，蝎子啊……我翻来覆去地想啊想，后来我终于想明白了。那条虫子啊，它就是——

她故意停顿在那里。他知道不能让她扫兴。

什么？说啊。

它就是我的青春，我的荷尔蒙啊——

这口气，有些像吟诗了。她可能也有些不好意思，夸张地拉长着尾音，试图营造出一点儿戏谑去冲淡这份臆想中的矫情。

从那以后呢，我就再也不想成家这回事了。

……

真的，再也不想了。

你这一辈子，还有很长呢。

也可能很短。没死之前谁知道。

不要这样讲。

我已经，活得够长了。

他把茶杯贴近脸，茶水的热气和眼睛里的水汽氤氲成了暖暖的一团。

你下午，还有课吧？

嗯。

几点？

没关系。

怎么会没关系。你都是这么高级的领导了，得守规矩。几点？

四点。

该回去了。

还能再坐一会儿。

紧前不紧后，走吧。

7

到大门口不算远，可走起来也有一些些长。他们默默走着。正午的公园空空荡荡。两个人的脚步此起彼落，扑沓，扑沓。

她又放起了戏。她说，这是张火丁的《锁麟囊》开场。待嫁的薛湘灵正跟丫鬟在那里挑剔鞋要什么样的：

那花样儿，要鸳鸯戏水的。鸳鸯么，一个要飞的，一个要游的。不要太大，也不要太小。鸳鸯要五色，彩羽透清波，莫绣鞋尖处，提防走路磨。还有呢，要配影需加画，衬个红莲花，莲花用金线，莲瓣用朱砂……怕流水年华春去渺，一样心情百样娇。

手机里的女声婉转曲折，似乎游走到了每个地方。念白兀自飘散着。

她边听边默默地笑。

他也默默地笑。

临近公园大门时，一批人涌了进来，像是旅行团，中老年人居多。男的都戴着遮阳帽，女的都打着遮阳伞。他们在商量着是不是爬山，分几路爬，应该去什么景点。有人不想爬，说鞋子不行。还有人嫌热，唠叨着说，爬山爬山，这山有什么可爬的。

他回头看了一眼那山。一片浓翠里，自然不见“至此无山”，只有那一串大葫芦艳艳地红着，红得似要破了一般。

出了公园的门，她叫了一辆滴滴。他们在槐树底下等车。有槐花随风碎碎地飘下来，落在她的肩上。

你这项链是金的么？

铜的。

吊坠上是什么？

弥勒佛。

我看看。

等我摘下来。

不用摘。

他按住她的手，靠近她的胸口。风油精味道依稀还在。他能感觉到，自己的头发，扫到了她的下巴。

车很快来了，是一辆黑色的别克。他突然发现，别克好像总是黑色的。

那，我走了。

再见。

她上了车，摇下车窗，朝他摇了摇手机。

这个号码，你删了吧。

怎么了？

没用了。

他还没来得及再说话，她往下拉了拉帽子，车启动了。他下意识地挥了挥手。车不疾不徐地驶离了他，像一枚巨大的从容的子弹。

在饭局上聊起齐白石

1

入了秋，就该吃蟹了。饭局总是老魏来张罗，对此我们早就习以为常。这种事，他原本就是个热闹性子是其一，另一个要紧缘故，我觉得就是他爱标榜自己人脉广，既是一向喜欢打肿脸充胖子，自然就得经常为了充胖子而打肿脸，可不得张罗起一场又一场的饭局？有道说“席面好摆客难请”，如今这世道，混得上饭局的，多少都有些能耐。可有些能耐的，整日里都忙慌慌的，谁有空总来吃他的饭呢。这就显出了老魏朋友多的好处。他的朋友场子铺摆起来，那简直就像超市一样，工农仕、商学兵、天南海北、五行八作，因为老魏的撮合，谁谁谁都能凑到一起吃顿饭。这种饭局有个名堂，上等说法是神仙饭，中等说法是江湖饭，下等说法叫糊涂饭，总之是铁打的东家流水的客，走过路过不好错过。

如同老魏的哼哈二将，我和老胡常常陪同在这饭局里，几乎可以说是老魏饭局的标配。有老胡是因为两点：一是他酒量大，镇得住。二是他会胡说，扯得开。有我也是因为两点，恰恰和老胡的两点相反：一是我酒量小，外号李二两。老魏说，这酒量小嘛，某种意义上其实也算是个优点。因为小，不会成为目标，也就不会醉。这样的话，纵使一桌子人都喝趴下了，也有个脑子清楚的，保得住底儿。若说这理由有些勉强，第二点呢，论起来还不如第一点，那就是我不会胡说，太较真。因为较真，和老魏刚认识的时候有好几回都是不欢而散。老魏后来说，觉得我这样的也挺有意思的，每次争争吵吵的，也不真伤和气，还会搞出个小话题来，一直到下次的饭局上都足够回味。饭局这事，可不是得要有个什么由头么？或是今儿下雪，或是明儿冬至，抑或是桃花开，再或是杏花落，都是看得见的由头。托个什么情，办个什么事，把上个饭局留下的尾巴续接起来，都是看不见的由头。

今天这饭局，看得见的由头是吃蟹，看不见的由头里，也不知道其他什么，由我这里捋出来的，倒是有一条：画。去年发了一笔小财，今年上半年我把老房子装修了一下，墙上空落落的，得补壁，就想托人找省里的名画家给画两幅，一打听，还挺贵的，就有点儿心疼肉疼。老魏咣咣咣地拍着胸脯子说，就那几张纸，还值当花那钱？老哥儿请两个画家吃顿螃蟹，就把这事给你办了。

你不是有点儿底子么？要是想学，那顺带把老师也给你请了。

底子这话，让我既有点儿脸红，又有点儿蠢蠢欲动，就像那些被老师当堂念过作文的人以为自己都能当作家一样。小学时，我的美术课没少得满分，这让我一直觉得自己有当画家的潜力。中年之后稍微有了些空，便把笔墨纸砚齐齐地备下了，可到了这把年纪，多少也知道点儿天高地厚，没敢贸然下笔。就只先看画册，吴昌硕，张大千，李可染，李苦禅，齐白石……越看越不敢画，也越看越明白，所谓的潜力，不过是一种哄着自己开心的幻觉，却也是越看越有兴致。尤其是齐白石。我看的最多的就是齐白石画册。越看越喜欢，简直是迷上了这个老爷子。说句不怕牙倒的话，如果和他生在同一个时代，如果他也看得上我，要是个男的，我一定求着给他当门徒；要是个女的，哪怕当个丫鬟呢，我也很愿意上赶着伺候他哩。

画册看了个差不多，近日翻来覆去读的是他的自传，叫《余语往事》，顾名思义，是他口述别人记录的，记录的人叫张次溪，文笔不错，虽然肯定把老爷子的原话整理掉了不少，但老爷子的气场真叫强大，一翻开书就能感觉到那股子劲儿劈头盖脸而来。什么劲儿，说不清道不明，反正只是他特有的，独一份儿。

2

六点多，客人陆陆续续到齐了。果然有两个画家，一个姓叶，穿着白色中式对襟棉麻布衣，盘着琵琶扣。跟着一个女孩子，穿着旗袍，旗袍颜色月白里又泛着极淡的天青，有点儿汝窑的意思，说是助理。一个是省画院的专业画家，姓郑。个子不高，平眉细眼，家常蓝色夹克。最后到的是省文联的一个领导，姓宣，是副巡视员，按照惯例职位要往高处抬，大家都称宣主席。

落座完毕，老魏又正式介绍了一番。听着老魏口称两位画家是大师，我和老胡也跟着叫大师。到了我的时候，老魏指着我对两位画家说，这小李子以后可就是你们的预备学生啦，你们一个体制内一个体制外，无论哪个路数，双管齐下也好，都得把他教出两笔来呀。

明知是场面话，对于老魏这样给我随随便便找老师，我还是不开心。连忙说，我一点儿道行没有，离大门口还有十万八千里呢，怎么配给两位大师当学生。老魏惊讶道，咦，上次我听你说起齐白石，头头是道哩。我说那是你离大门口还有十万九千里。众人就笑。叶画家说，李兄既然是魏兄的朋友，一定是高人，我哪敢当老师呢？何况还有郑大师在此。李兄呀，要不这样，咱们一起给郑大师当学生吧。一起，一起。说着便举杯。郑大师一边含笑推却，一边也举起了杯。

喝了几杯见面酒，服务员出去催菜，汝窑起身，袅袅婷婷地给大家添了一遍茶。大家钦羡叶画家有福，说整日里有这样画一般的人儿当助理，怎么能画不出好画儿呢。叶画家感叹道，比起白石老人，在下还真是惭愧，惭愧。就说起了齐白石一般人不能企及的旺盛的荷尔蒙。说这老爷子，可真是乱世里的一朵奇葩，啥都没耽误。长寿是不用说了，九十三呢，放到今天也是长寿。钱也是不用说了，越到老越多金。女儿呢，五个。儿子吧，七个。这就是一打了。最小的儿子出生时，老爷子都七十八了，乖乖！我说不是七十八，是七十四。叶画家说，我怎么记得就是七十八呢，挨着八十边儿了。我说，写那文章的人肯定没有做好功课。这有个缘故。本来他就按老规矩虚说了两岁，七十三岁那一年，他又按照算命先生的嘱咐跳龄避灾，又虚说了两岁。所以他的七十三是七十七，七十四是七十八。

都对都对，别论这个了。往下说女人呗。老魏呼喝道。叶画家说，齐白石从来从来都没缺过女人，还没名气的时候就有俩，正房叫陈春君，偏房叫胡宝珠，后面还有俩，一个好像姓夏，也叫什么珠，另一个好像姓伍，都没有名正言顺。直到去世那一年，老爷子还想娶个二十二岁的，四十四岁的他还嫌人家老哩。

老胡说，对对对，那个夏什么珠我也知道——夏什么珠来着？这是冲着我问，我便答是夏文珠。老胡接着说，他看过一部电影，其中讲到齐白石。夏文珠一开始只是伺候齐白石的，两人夜里不在一起睡。齐白石找钥匙，夏文珠还得披上衣裳进来帮着给找，啧啧，正经得很。后来又在微信上看过一篇文章，却不正经得很。说是那个叫胡宝珠的偏房还是正房给找的哩，那时候齐白石刚到北京，这大的怕他不能料理生活，亲自过来给找的小妾，还真叫是贤妻携美妾。啥叫齐人之福？这才叫齐人之福呢，人家又姓齐！

老魏笑道，你这可是胡扯，是封建大男子主义妄想症。他大老婆是文盲，大字不识的小脚妇女，那个世道乱成那样，她能跑那么远的路？叫你再夸张夸张，你还会说大老婆给小老婆伺候月子哩，还替她带孩子哩。

可不是咋的，真有这事。那文章里真写有这个，哄你们是狗！老胡急了。

哎哎哎你把话说明白，是哄我们我们是狗，还是哄我们你是狗？

……

众人说笑着。老魏笑得张牙舞爪，郑大师笑得噙不住烟，叶画家笑得眉毛抖，汝窑尤其笑得银铃作响，花枝乱颤。宣主席一直矜持着，此时脸上也如春冰初融。

老胡叫嚣着，非得让我替他分证分证。我便说，我看过齐白石的传记，这事果然是真的。那个女人叫胡宝珠。齐白石在自述里说到陈春君："恐我客中寂寞，为我聘了宝珠，随侍照料。"也交代了宝珠生头胎的时候，陈春君不放心，赶来北京伺候月子，不仅白天照顾孩子，晚上也搂着孩子一起睡。陈春君死后，胡宝珠被扶了正。给齐白石当妾的那年，宝珠才十八岁，扶正那一年是四十二岁。老爷子还办了隆重的扶正典礼。

扶正有那么重要么？汝窑问。

扶正可是大事。郑大师一脸严肃。

小老婆不能上家谱的。老魏说。

也不能入祖坟。老胡说。

我说，老爷子在书里自述，扶正典礼时，他首先郑重声明：“胡氏宝珠立为继室！”然后是在场的亲友签名盖印，最后是老爷子在族谱上批明：“日后齐氏族谱，照称继室。”

所以啊，小美女，要是嫁人可得上心，要当就当正室，可别让人哄了，到了还得给扶一下。老胡对汝窑说。

这话说的。众人都看叶画家，叶画家微微笑着，说，这话我也说过。不过，如今的孩子们，可不一定这么想。众人又看汝窑，汝窑正低头刷着手机，一副事不关己的样子。忽然，迎着众人的目光，莞尔一笑，瞪着猫一样圆溜溜的眼睛，欢悦道，来热菜啦。好呀好呀。

这道热菜是炖牛腩，自然也少不了萝卜。萝卜正应季，闻着味儿就知道地道得很。众人互相谦让着分到碗里，汝窑尝了两口，说道，盐放得有点儿多了吧。老魏连忙接茬，说可不是咋的，服务员服务员，添茶添茶。问你们大厨一声，这是怎么弄的，莫不是把卖盐的打死了？汝窑又是莞尔一笑，又一脸天真道，这就是传说中的咸吃萝卜淡操心吧。

手机铃响，汝窑便放下汤，拿着手机，袅袅婷婷地出去了。

待她出了门，一桌子男人你看看我，我看看你，便同时大笑起来。老胡指着叶画家道，叶大师，你调教出来的好人儿，我服了服了服了。

3

一道荤，一道素，一道甜，一道咸，热菜就这么慢慢地起着。服务员介绍说，刚上桌的这款是新品，有个名目，叫作“黄金肉”，据说是猪颈背上最嫩的那一点肉，这点儿肉不仅嫩，营养价值也高，富含有机铁、脂肪酸、蛋白质……该含的好东西都含上了。这么好的肉，平均下来，每头猪身上大概只有六两，因此又叫“黄金六两”，是有钱也不容易得的。虽是纯肉的硬菜，做出来却不腻。据说是用黄芥末和藏红花汁儿调配出来的，看起来果然很黄金的样子，下面垫着几片鲜柠檬去腥解腻，品相颇为清新华美。

为了这个，大家碰了一次杯，感慨着如今的生活真是食不厌精脍不厌细，便埋头吃起来，口感自是十分怡人。寂静中，包间里回响着咂嘴之声，微微有些尴尬。老魏便没话找话说，问叶画家忙啥呢？最近有啥大作？去采风没有？叶画家说国庆节那几天他到豫东下了个基层，文艺界不是正倡导和基层“结对子”么？他“结对子”的县有个挺有名气的“画虎第一村”。

哟，你这还挺有觉悟的。老胡说。

惭愧惭愧。不过，在下虽然在体制外，却一直是向着体制内的高标准看齐和靠拢的。叶画家一边说着，一边用手掌示向郑大师和宣主席，说，我这一颗红心，请组织明鉴。宣主席说，点赞，点赞。郑大师说，记得宣主席和这个村子有渊源，宣主席说，是啊很熟。那时我还在豫东工作，这个村子是我最早关注起来的。我和这个村子，缘分不浅呢。

怪不得呢。叶画家惊叹。

这个村子有福，有福。老魏老胡同声感慨。

宣主席说他在的时候，请了不少名家去指导谋划，又办画展，又建画廊，还培养了一批经纪人。他走时，这个村子已经成了当地的文化名片，村里的绘画也已经初步产业化了。听说近几年当地政府还把这里的绘画产业和新农村建设结合到了一起，怎么样？如今应该更红火了吧？

叶画家正沉吟着，汝窑说，村里没几个人，挺冷清的。叶画家咳了一声，道，也许是因为国庆放假，村民们都走亲戚去了。又对汝窑道，什么冷清，那叫安静，乡村田园的安静。老胡道，农村还受放假影响？如果是个名片，那不应该人更多？叶画家正在搛菜，没应答。老魏接过话茬，说的却是“黄金肉”，说齐白石要是看见这么漂亮的菜，指不定会画出多好看的画哩。

“黄金肉”若是摆在齐白石面前……我想起他的祖母马孺人。齐白石少时家境极其贫寒，却爱读读写写画画，在没当木匠之前，每天忙完了放牛打柴的事，回到家就开始潜心纸墨意趣。祖母劝他:“三日风，四日雨，哪见文章锅里煮？明天要是没有了米吃，阿芝，你看怎么办呢?”后来感叹道:“阿芝，你倒没有亏负了这支笔。现在我看见你的画，却在锅里煮了!”

小李，你说是不是？

原来老魏是对着我说的。我也只好接上，说齐白石指定不会画这个。为啥？因为他不喜欢画新东西。他画的都是自己烂熟于心的老物。你瞧他画的那些个东西，蜻蜓蚂蚱螳螂蟋蟀，蛾呀蝶呀蜂呀蝉呀，还有那些个花，菊花荷花桂花梅花，哪一样不是别人画了千百遍的？他画的人物，也都是从芥子园上扒下来的古人。

不都说他是改革派么？改革到哪儿去了？汝窑问。

叶画家接了茬，说改革哪有从里到外剥净了改的呢？再改革也是在老底子上改。齐白石有他的老底子。他当过木匠呢，芝木匠芝木匠么。木匠活儿分大器作和小器作，大器作是粗活，小器作是细活，齐白石学的就是小器作……

先学的大器作，后来发现大器作被小器作瞧不起，才赌气又学的小器作，然后才在小器作上立了根基。我说，这小器作有一样技法，就是在家具上雕花。既雕必得会画，他这才画起来。起初画得粗糙，二十岁那年，他在一个主顾家里见到了残本的乾隆版《芥子园画谱》，便借过来，勾影了半年，自学成才。

那这芥子园也是厉害啊，让他学半年，就能成才？赶明儿我也学学。老魏说。老胡说，你还用学？你就只管画起来吧，反正铁定是张飞李逵的风格，也能自成一派。老魏说，我画成了送你，你可得要。老胡说，想让我要，除非你倒贴两千。老魏说，两千就两千！不过你得挂起来。老胡皱眉叹气苦思了一会儿，无奈道，好吧，挂挂挂，给你挂个好位置。老魏说，挂哪儿？老胡说，挂大门上嘛。当门神满够。

说笑了一番，郑大师道，说是成才，也不过是比较着他以前不成才的时候去说的。芥子园虽然能打底子，可这底子才有多厚？他被当时传统的主流文化排斥，进不到他一直想进的传统文人画的圈子里，还不就是因为没文化？叶画家点头道，是啊。从他年轻时候，主流就不认他。他当木匠时给人家画画，有些人只要他画，不要他题款。他给人刻的章，也被人磨平，去另给人刻。就是这样没地位，被人瞧不上。所以他才一大把年纪去当北漂，有了所谓的“衰年变法”。郑大师说，这是一个内因，他的变法还有外力，那时节，他恰好碰上了新派的徐悲鸿林风眠刚从海外归来，还结交了一个姓陈的，叫什么来着，学问很好……

叫陈师曾。免得被点名问，我主动接上话茬，说这陈师曾的学问不是一般的好，他的家学在民国时期也是数一数二的厉害，他的祖父当过兵部侍郎、湖南巡抚，他的父亲陈三立当过吏部主事，是著名诗人。他的兄弟是国学大师陈寅恪。

哦，是吧？他被这么一票人鼓动，才下定决心去首创红花墨叶派——

红花墨叶派不是齐白石首创，吴昌硕早就这么搞过。这陈师曾是吴昌硕的弟子。我又说。

哦，是吧？郑大师停顿下来，喝了两口茶，说，我对吴昌硕知道的不多。只记得他那时位置比较高，相当于国家级美协主席吧？画坛老大。我说是。叶画家说，这两人的关系好像不大好。我说早期还是挺好的。齐白石刚出道的时候，很崇拜吴昌硕，还托人到上海请吴昌硕定润格呢。以吴昌硕当时的权威，他给谁定润格，谁就有饭吃。定润格的时候，吴昌硕还赞齐白石："其书画墨韵孤秀磊落，兼善篆刻，得秦汉遗意。"俩人闹翻是因为他们的作品同时被陈师曾送去日本参展，吴昌硕的画是主角，却没怎么卖出去，齐白石的画作为配角上演了一出大逆袭，全部卖得精精光光，齐白石自己说："……卖价特别丰厚。我的画每幅就卖了一百元银币，山水画更贵，二尺长的纸，买到二百五十元银币。这样的善价，在国内是想也不敢想的。"

善价，就是高价的意思吧？汝窑说。

咦——这妞真聪明。

过去的人真有意思，说贵不就得了，还善不善的，这么扭捏。老胡说。

不扭捏，挺直接的呀。钱多就善，钱少就不善嘛。贵了就善，便宜了就不善嘛。汝窑耸耸肩，我要加油，当个大善人！

哄堂大笑。

为这个闹翻，听起来是吴昌硕小气。叶画家说。

是不好大方的呀。老大被小弟打脸，那心里会好受？汝窑说。

我说，也没有明着闹翻，只是彼此不再来往了。齐白石卖了善价的消息传回国内，吴昌硕挂不住，就酸不溜丢地对别人说：“北方有人学我皮毛，竟成大名。”这话辗转到齐白石耳里，齐白石也没说啥，只是刻了一方印，印文是：“老夫也在皮毛类”。

郑大师说，这话倒是有出处的，原是大涤子石涛的，石涛在《赠刘石头山水册》这幅画上的题诗：“书画名传品类高，先生高出众皮毛。老夫也在皮毛类，一笑题成迅彩毫。”

众人一起点头。叶画家赞叹道，我只听说过“皮毛类”这个典故，却不知道这典故背后还是典故，受教受教。老魏也跟着附和道，大师就是大师，大师就是深刻。又对我扬了扬下巴，斥责道，大师授课，你说起来没完没了，不谦虚呀。你这还怎么长进呀。

我也知道自己的话有点儿多了。可是一提起齐白石，我就忍不住。

那老齐这不是在表示膜拜么？挺……正能量的呀。汝窑说。

众人又是呵呵一笑，却没人答。

无视老魏的脸色，我说，即使两人有了芥蒂，齐白石对吴昌硕的推重却是没变。他嘴上不说，只落实在行动上。据他当时的朋友回忆，当时齐白石只要见到吴昌硕的画，都会买下来或者借过来，反复学习。启功也曾在回忆文章中写过，说齐白石在跨车胡同的正房有道屏风门，门外小院有一架紫藤，他去看齐白石时，紫藤正在累累垂垂地开花。齐白石指着院里的紫藤，又指着屋内墙上吴昌硕画的紫藤，感叹说，你们看，哪里是他画的像紫藤，分明是紫藤开得像他的画呀。

这就奇了怪了，既然吴昌硕水平这么高，既然红花墨叶也是吴昌硕的首创，他的级别也是老齐不能比的，怎么倒还没有老齐卖得好呢？这日本人什么眼神儿呀？汝窑还在问。

叶画家既嗔怪又宠溺地看了她一眼，说看把你忙的，你还真是好学，快吃吧，菜都凉了。宣主席道，这么好学，肯定会有长进的。老魏道，是呀是呀，既然勤奋得日理万机，这长进肯定是一日千里。话音未了，众人这一波笑得更狠，老胡都被自己的笑呛得咳嗽了起来。

4

一场应酬宴席，人越少越是容易进到冷坑里。要把这冷坑填平填热，需要酒，也需要话。酒和话，原本也就是一码事。哪有敬酒不说话的？话说着说着，自然也更容易敬起酒来。不过，若只是泛泛之交，即便可以多走几圈，哪有那么多合适的闲话搭配着去说？除非是话痨。一般人，总是酒越喝越多，话越说越少，免不了愈加冷清。找个对家拼酒虽然能添点儿热闹，为此拼得两败俱伤，却也不那么值得。因此，诸如这七人的饭局，要想不尴尬，敬酒的节奏就得掌握好，需铺排得此起彼伏，闹而不乱。何时一起敬，何时挨个儿敬，何时猜枚打通关，还是有一些路数的。好在这从来不是我操心的事，也轮不到我操心。我要操心的，就是单个儿敬酒。

说到根儿上，对于饭局上的每个人来说，单个儿敬，都是最重头的戏。因是一对一，总要说些一对一的小话。这样的话是挺见功夫的。要紧话怎么说，闲淡话怎么说，求人话怎么说，推拒话怎么说，是非话怎么说，和事话怎么说，近人说什么，远人说什么，不远不近的人说什么，都得稍微琢磨一下。十几或者几十人的大饭场，闹闹腾腾的，小话倒是随便说，不怕被人听见。微妙的却是今天这样的，再怎么样的小话，也挡不住旁边的人随意听，都变成了大话。

不过，这样的时刻，我倒是喜欢。一边吃着菜，一边听他们怎么聊侃，收纳入耳的话题还真是东一榔头西一棒槌，杂乱纷纷。中美贸易战，谁要从地方调回省里，谁没扛住竟跑去自首，其实本来不是查他……自然也说画。谁到北京办了画展，价码由一平尺两千涨到了一平尺两万。谁买了一幅好画，却是假的。最离奇的是郑大师讲的，说某画家有了外遇闹离婚，被老婆统统把画剪成了两半。

找个装裱行家不就得了。叶画家说，

老婆把自己留的那一半截烧了。

众人笑。

老胡道：手还在就行，再画呗。反正怎么画都值钱。

你这外行。郑大师叹口气说，手在有什么用，脑子不在了。有些画就像有些人，过了那个时候，就再也没那个心意和缘分了。至于值钱不值钱的，也是怪。郑大师苦苦一笑，眼里心里不想钱的时候，画出来的画反而是值钱的。等到眼里心里都在想钱的时候，画出来的画却是不值钱的哩。

也少不了说画画的苦楚。比起网上方方正正的履历，本尊的讲述自是旁逸斜出枝叶丰满。郑大师原本不是科班出身，老家在豫南山里，从小喜欢画画，高中毕业没考上大学，就去南方打了几年工，攒了些钱后回老家再创业，干的是装修公司，因为觉得这一行多少和画画有点儿关系。后来家底儿厚实了，才又一门心思去画画，跑北京去上挂在中央美院名下的社会班，跑杭州去中国美院进修，上了一班又一班，读了一年又一年，终于也参加上全国青年画展，凭着这些个资历，三拐两拐，先是进了一个区一级的文化单位，不久就被调进了省画院，进了正门之后才开始系统补课。叶画家呢，倒是河南大学美术系出身，毕业分配到了一个学校教书，因为工资太低养不了家，就辞了职，先后也开过几个公司，钱挣得足了，还是觉得画画有意思，便又拎画笔，开了个人工作室，想重新回靠到正路上。

由汝窑陪着，叶画家一路敬来，在宣主席和郑大师两席处自然是格外延宕。对宣主席，他反复表达了诚请组织接纳的愿望，对郑大师，意思虽一样，话风却是更纯简一些，恳切道，以我看，您这样是最好。我要是能像您这么待着，就没有别的念头了。这后半辈子，就想踏踏实实地画画呀。郑大师淡淡笑道，我呢，既然是进来了，要是再特意出去，既显得矫情，也辜负了组织和领导的信任。也就只好这么待着了。待着就待着吧。其实，细想想，你不拘怎样，只管走自己的路就好，天地任你行，也是让人羡慕的。就当你的独立画家呗。海阔凭鱼跃，天高任鸟飞嘛。自由。

叶画家撒娇似的苦了苦脸，说，自由是自由，自由得太狠了，也想让人管管。

这不是有管你的人么？

众人便看着汝窑，哄地一笑。宣主席边喝茶边微微笑着颔了颔首。

一般而言，我既是最末敬酒的，也是最末被敬的。叶画家敬到我这里时脚步有些歪歪扭扭，看起来已经是微醺。汝窑不依不饶，又向我探问起了日本人的眼神儿。叶画家醉意朦胧地斜睨着眼，说，很简单嘛，吴昌硕走的是大文人的古雅路子，齐白石没有那么古那么雅，连文气也不过是沾了半吊子罢了。可他的这半吊子文气没有架空，接上了地气儿，这就是他的厉害之处。要说画大写意的人也不少，可到他那个份儿上的还有谁？他的特长就是民间性、草根性，这是他的大翅膀。他的文气呢，是画龙点睛。说实话，有“睛”的这点儿就够了，不能太多，太多了就酸腐，反而成不了。

我认为呀，重点不在这。突然间，宣主席不疾不徐地开了腔。你们两位在座，宣主席指着郑大师和叶画家说，我这是班门弄斧了。好歹在咱们这个系统也泡了这么些年，我多少也学习了一些，齐白石我也喜欢，多少也有一些了解，今儿我也分享一下心得。

哎呀，能聆听宣主席卓见，这可是千载难逢的机会。这顿饭，我可是来着了，来着了。叶画家和我蜻蜓点水似的碰了杯，拎着茶壶给宣主席添上了茶，然后落座。人人都端肃起来，吃饭的也不吃饭了，停了筷，抽烟的也不抽了，把烟支在了烟缸上。汝窑支着下巴，做全神贯注状。

宣主席呷了一口茶，说，刚才说到陈师曾，齐白石进行什么“衰年变法”，也还真是亏了他的指点和鼓励。光凭齐白石自己，他可没有变法的气度和胸襟。就我看，他是懵着头变法的。主观上讲，他自己肯定也觉得没有了什么退路。文人画主流一直鄙视他，即使他后来在北京有了不错的名声，也还是不行。他就断了这个指望，再一想自己也那么大岁数了，就破釜沉舟一试呗。他这变法，说好听的，是有些悲壮。说难听的，就是赌一把。结果我们都知道，他赌赢了。除了他的个人能力，赢的关键质素，客观地说，还是时运。他正式成北漂那年，是1919年吧？这是什么节点，你们都明白的，是吧？五四运动嘛，新文化运动嘛。这是个大潮流。齐白石这个时候到了北京，不早不晚，就赶上了这个大潮流。所谓“万事俱备，只欠东风”，这个大潮流，就是齐白石的东风。这场东风可是够浩荡的，国内，是这个运动。国外呢，他也赶上了趟儿。因为恰在那时，东西方的美术观念正在频繁地对话和碰撞，日本呢，就是这二者的一个交流场域，为什么齐白石的画在日本卖得好，因为这个交流场域正活跃着呢，齐白石带着他的变革作品到场了，新人新作，高光亮相，就这么占了一席之地。什么叫形势比人强？这就是了。什么是时代的力量？这就是了。

掌声雷动。

好！好！好！叶画家连声喝彩。

咱们的“画虎第一村”，也是这样呀。宣主席继续慷慨陈词，说那村子以前过的是啥日子？多少姑娘往外跑，多少小伙儿打光棍？那日子过的，岂止是一个穷字？生火做饭，一天就靠一个煤球。村里连条石子路都没有，到处都是泥坑，下雨天不带块砖不能出门，不然没有垫脚的地方。说苦，那是真苦。可要说变，那也变得真快。我在那几年，月月小变样，年年大变样，水泥路展展地就修到了家家户户门前，参观的车辆每天不断。那条大路叫啥来着？丹青大道是吧？

对对对，丹青大道！郑大师说。

这是我起的名儿呢。让丹青妙手们雄赳赳气昂昂地走在大道上！这大道，是艺术的大道，更是时代的大道！

郑大师率先再次鼓掌，我们也赶紧随之鼓掌。掌声起落的过程稍微有些长。好在马上就是干杯，也不显得零落。干杯完毕，螃蟹端上了桌。在吃螃蟹之前自然要再干一杯，螃蟹就酒，越喝越有嘛。

北方人吃螃蟹不讲究，三下五除二地吃完了。老胡起身敬了一圈，我跟着完成了任务。坐到座位上时，脑子轻微地轰了一下，有了点儿膨胀的感觉。我知道，已经差不多二两了。

5

离最后一道主食海参捞面还有蒜蓉菠菜和雪梨八宝盅这两道菜的距离。这距离不长，却也不短，老魏和老胡各又敬了一圈，也还没有使完。老魏又朝我示意，我便硬着头皮起身。反正也喝不了什么，多少是个态度吧。蚂蚱腿也是肉，一杯酒也是酒，是不是？而且，说实话，有时候，我觉得二两超一点儿也挺好的，酒意盖脸，就有权任性。我的任性呢，无他，不过是格外较一点儿真。

打开了话匣子的宣主席一直滔滔不绝，谈兴甚浓。我站他旁边候了好一会儿，他方才欠了欠身，接了酒杯，却没有喝。先是朝着我说，齐白石这老爷子，我也喜欢。他真有意思。又朝着众人道，他最宝贵的品质，我认为就是四个字：大事明白。明白在哪儿？比如说吧，刚才说到善价。他的善价得益于日本市场，这是事实。善价重要不重要？很重要。是不是大事？是大事。话说回来，有多重，有多大，要看跟什么事比。北平沦陷后，齐白石再也没有贪恋日本这个市场。日本人找他，他疾言厉色地将日本人拒之门外，那叫一个威武不屈。后来艺专叫他去领配给煤，那个时节的煤多金贵呀。可就因为学校的大权在日本人手里，他也毅然决然地把煤退了回去。这老爷子太明白了：没有比气节更大的事！

众人又叫好。我却忽然听不惯了，说，宣主席，文艺方针是百花齐放百家争鸣吧？我能不能放一下？鸣一下？宣主席还没表态，老胡直着舌头说，放放放，有屁就放！鸣鸣鸣，有鸟就鸣！

我说，齐白石可没有疾言厉色。他处世那一套，还是典型的老派的国人方式。他在自传中说，不好直接对抗。为了和日本人划清界限，他是煞费苦心。那时候，不管是日本人还是中国人，不管是大官中官还是小官，他都不见。他写了字条贴在大门上："白石老人心病复作，停止见客。"他说，心病两字，另有含义，自谓用得很是恰当。他还写了"画不卖与官家，窃恐不祥"。"从来官不入民家。官入民家，主人不利。"艺专的煤，他之所以退，有日本人当家的缘故，不过即使不是日本人当家，他也不会要，因为他当时已经不任教职好几年了。他写了信给学校，也很客气。说:“白石非贵校之教职员，贵校之通知错矣。”

为啥官不入民家？汝窑问。

我说，读到这里我也纳闷，就查了一些资料。原来“官不入民家”还真是个老礼教。完整的是三条：君不入臣房，官不入民房，父不入子房。原因么？既分了尊卑，也是避嫌疑，还有一层用意更深：上级若到下级家中，瞅见了什么佳人美物，动了贪心，若不得则不甘，若得了则犯错，陷人于两难，这可怎么好哪。

老齐这个范儿，不卑不亢的，和官家很有距离呀。要说气节，这更像是气节。老胡说。

我说，齐白石在自传里说，小时候尤其讨厌官员，有一次乡里来了个巡检，配有仪仗——

什么是仪仗？唉，这汝窑坐在这里，似乎就是专管提问的。

在电视剧里看过官员出行的场面吧？前面那些衙役们举的牌子，什么“回避”啊，“威武”啊，“肃静”啊，就是仪仗——乡里人都去看官，隔壁三大娘叫齐白石去，他不去。母亲夸他有志气，说我们凭着一双手吃饭，官不官有什么了不起！他说自己一辈子就是凭着一双手吃饭，很可以自我安慰。

唉，自传么，难免自我美化。宣主席说，哪个中国人这辈子能免得了和官打交道？何况这老爷子。我要是没记错的话，他年轻时候还给两个官的如夫人教过画画呢。他的五出五归不是很有名么？那第一出，就是因为要给一个陕西的什么翰林的如夫人教画，才到了西安。

如夫人——夫人就夫人呗，什么叫如夫人？

众人大笑。这话题由汝窑问出来，也真是别有意趣。

就是妾嘛。老胡说。

哦。汝窑翻了个白眼：真会拐弯儿。

宣主席居然知道这个细节，很令我意外，也让我格外有兴致了。我说那个如夫人叫无双，闻一知十，十分聪敏，齐白石还给她刻了一方印章，叫“无双从游”。因为教无双教得好，翰林还想把他推荐给慈禧太后，说如果成功，能够得个六七品的官衔。齐白石拒绝了。你知道齐白石说什么了吗？我拍着宣主席的肩膀，他说：我如果真到官场里去混，那我他妈的简直是受罪了！

突然，我的肩膀上也被狠狠地拍了一下，回头，是老魏。他说，别开齐白石研讨会啦，你喝多啦。把我拉回了座位，老魏又对宣主席道，领导包涵，领导包涵。我估计这李二两也是觉得您老兄太亲，就忘了您是个领导哩。这二两看来够二两了，我来替他喝三杯罚酒！

宣主席笑道，少来麻戏我。一桌子吃饭都是兄弟，哪儿有领导呢？这么说话才不把我当外人呀。叹了口气，说，还是你们好啊，搞艺术，只要活着，就没有个退休的时候。如今的形势，会多，汇报多，管束多，所谓做官做官，越做越难做呀。可是吃了一辈子行政饭，就像画画是你们的专业一样，行政就是我的专业，到了这个岁数，离了这一行，我也是个残废，不知道能干什么。只能将就着退休，坐吃等死老无用啦。

话到这里，竟有些伤感了。静默片刻，老魏道，看您说的。艺术界是好领导的么？没有金刚钻，揽不起瓷器活儿。您都能领导这么多艺术家了，艺术造诣不用说也是了得。您这是高风亮节，不跟他们争抢，您要是拿起笔来，还有他们的饭吃？当然您这也是没时间。等您啥时候急流勇退，享了清贵，只要提起笔，那不就是您随意挥洒的世界？谁不知道在中国，最智慧最有才华的人，都在政界，都是领导，这些个艺术家，你叫他们去当当领导试试？老胡忙跟着道，是啊，还是您这最叫人敬重。只听说过领导们闲了去当艺术家的，谁听说过艺术家闲了去当领导的？

众人呵呵。宣主席缓缓地环视了一遍众人，笑了一声，道，有本事的艺术家，就是忙里偷闲当领导的。眼睛定格在郑大师脸上，把杯子举得高了一些，咳了一声，却微微压低了嗓子，道，我来提一杯吧。小叶呀，小李呀，郑大师给你们当老师，要我看，不仅是行，还是很行，最行。——在座的都是自家人，不妨先透个信儿给各位，郑大师刚经过考核，很快就是副院长了。所以啊，我提这一杯是有大名目的，这是衷心祝贺酒！

众人惊诧地哦哦哦呀呀呀着，脸上刹那间都亮亮地涂了一层该有的喜色。郑大师一边说着领导厚爱领导厚爱惭愧惭愧，一边把自己的杯子趋向宣主席，响亮地碰杯后，都一饮而尽。

请示宣主席，下面我要敬酒！叶画家高声大嗓地喊着，刚喝下杯中酒，就拎着分酒器来到郑大师旁边，脸上纹理鲜明，很激动的样子。

准——宣主席朗声道。

说说你想怎么个敬法，叫哥儿们评评中不中。老魏道。

中不中，看行动嘛。拜师酒，三杯，我先干为敬！叶画家高高举起了酒杯，酒满得顺着杯壁流下。郑大师微笑着，慢慢站起来，似乎是有些受之有愧，又似乎是担心却之不恭。

等等，是拜师酒吧？拜师的拜字，怎么写呢？宣主席悠悠道。

叶画家拍着脑袋，骂自己昏了头，连忙做屈膝下跪状，膝盖还没有挨到地板，郑大师连忙把他扶起来，接住酒杯，饮下。叶画家连喝了三杯。又把酒杯倒满，说接下来的三杯是谢师酒。这三杯之后又再三杯，才叫贺师酒。叶画家说，这九杯酒可以用两个词来概括，那就是“九九归一”，“一气喝成”。

主题鲜明，内涵丰富。喝得好。宣主席频频点头，深深赞许。

李二两，你还迷糊着呢？老魏喊。

我懵懵地看着他。

该你啦。拜师，谢师，贺师嘛。照着来呀。原创不行，还不会高仿？此时不来，更待何时！老胡也喊。

快来快来，别不好意思。师兄师弟，好事成双！老魏说。

我仍然懵着，坐在那里。

快来呀，师弟！叶画家站在郑大师身边，朝我殷殷相望。

众人都看着我。郑大师也看着我，眼睛里含着盈盈的笑意，似乎很温暖。

算了。我说。

蒜不辣葱辣，你就过来吧！老胡过来拉扯我了。

我就觉得蒜辣！我一把甩开了他。

嚯，邪劲儿还怪大。老胡说。

房间里没了声音。也许是有一会儿，也许是一瞬间。老魏的笑声响起来：哈哈，他这狗样子，铁定是超过二两啦。

众人仿佛突然从哪里醒过来一样，都笑起来。

兄弟，感觉怎么样？老胡走到我身边。

蒜辣！我喊。

带他上个卫生间，去醒醒酒。老魏说。

好嘞。老胡说着，一把把我抓起来。叶画家和汝窑也跟了出来。

6

饭局这种地方，很多时候，还真像个小舞台，上了这个场子，人就跟被下了蛊一样，不知不觉地就会陷入表演。出了门，我的头立马不那么晕了，叶画家的脚步也貌似正常了起来。楼道是曲线形的，我们站在一个微凹处，叶画家点上了烟，也让了我一支。老胡去上卫生间，汝窑跟着服务员去买单。烟雾缭绕中，她的小腰左摇右摆，扭得美。

兄弟，你酒量是真不行呀。

不会喝酒，前途没有。我是个没出息的。

喜欢画画？

哪有那个才。饱饱眼福就得了。

要真想走这个道儿，就跟我一样。先开个工作室，这样好练起来。

不得先练几年才能开工作室么？

傻兄弟！开工作室简单得很，打出了这个幌子，就有了名头儿，就好办些。艺术是个孤独的事儿，不这么烘托起来，一个人死画硬画的，可不是孤魂野鬼？

所以，你想进体制内？

体制内，该孤独也孤独。他笑了一下，体制意味的，当然不是那点儿工资，那才能顶多大用？对我来说，画画是个爱好，可也不只是个一般的爱好，而是一个泼上了性命的爱好，既然铁了心入行，我以后还真想靠这个手艺好好吃点儿饭。字画要在锅里煮嘛。不能吃饭的手艺，肯定也不是好手艺。好手艺谁说了算？还不是官家。

我竟不知该说什么了。

有空去我工作室坐坐。

好，有空去。

你这脾气，有趣。

有什么趣？

他灭了烟，没有回答。

汝窑结完了账，一摇一摆地又扭过来，在我们面前停下，也点了一支烟。

你会打麻将吧？汝窑问我。

会一点儿。

肯定打得不错。

你咋知道？

挺会杠的嘛。

我笑起来。这丫头。

画虎村的生意不好了。你猜是为了啥？她吐出一个圈。

你说。

想想时代的力量。

嗯？我更懵了。

——正打着老虎嘛。

我又笑。这臭丫头。

我和叶画家又各自点了一支烟，三个人对着抽。烟雾缭绕中，我仿佛看见了齐白石的脸。他到底是个怎样的人？因为没有入文人画的主流，哪怕他年老时画名极盛，行情极好，他言语之间或自嘲或自傲，也都有些耿耿于怀的情绪。他甚至很容易自卑。其中有这么一件事，当他的经纪人提议将润格由五块一尺涨到十块一尺时，他很犹豫，其实他已经比很多画家便宜了——他的三尺画卖十五块时，傅抱石的价格已经是四十块。可他对涨价很犹豫，说家里还有一大家子人呢，要是卖不出去怎么办呢。涨价后卖得很好，他才踏实下来。

他也容易自得。1927 年，他被林风眠聘到艺专教中国画，他说："我自问是个乡巴佬出身，到洋学堂去当教习，一定不容易搞好的……想不到校长和同事们，都很看得起我，学生们也都佩服我，逢到我上课，都是很专心地听我讲，看我画。一点都没有洋学堂的学生动不动就闹脾气的怪事……"后来艺专改称艺术学院，齐白石也变成了教授。他在自述中以毫不掩饰地颇为骄傲地口气说，木匠当上了大学教授，总算是我们手艺人出身的一种佳话了。

他自是个有脾气的，却也很敏感地体察和回应着世情冷暖。初到京城时，某次，有个达官显贵过寿，他应邀去画寿像，因他穿得平常，又没有相熟的人，就没有人理睬他。他正困窘着，梅兰芳到了，看见他便给他执弟子礼，恭恭敬敬地寒暄，他的面子才圆了回来，特意画了一副《雪中送炭图》，送给梅兰芳，题诗说："记得前朝享太平，布衣尊贵动公卿。而今沦落长安市，幸有梅郎识姓名。”

他还很封建，迷信。算命先生曾给他测八字，说他要交辰运，就让他念佛，戴金器，不见几种属相的人，他都一五一十地照办了。他家里很晚才装电灯，因为怕把雷公给引下来。八十五岁的时候，他梦见送葬的队伍抬着一口没有上盖的空棺向自己家走来，就怀疑自己寿数满了。自己给自己写了一副挽联：“有天下画名，何若忠臣孝子。无人间恶相，不怕马面牛头。”

这个老爷子，他自称白石老人。自我知道他，就觉得他是个老人。他的照片，似乎也都是老人的样子，好像他一生下来就这么老了。简直可以说，他是个天生的老人。他的样貌，也真是个标准的中国老人样貌。有张照片我很喜欢，是中国最早的摄影记者郎静山给他拍的。他端坐在院子里，戴着一顶小圆帽，圆镜片后面双目炯炯，胡子雪白。还有一张画不知是谁拍的，我也很喜欢，应该是他在作画间隙休息。他仰卧在躺椅上，认真地按摩着自己的手，长衫的袖口翻起来，内衬雪白。

这个老人啊，明明很老了，可是他的老里又有着一种奇异的生机，让他老而不朽。

7

“……主席按月增加津贴，藉以全我主席养老之大德。此外，某于往年在湖南湘潭白石铺茹家冲置有田屋，田约二百余亩，住宅一进。当时出此者，实欲于老年南归，教儿子耕种，以养某余年。不料从抗战至今，卒无南还机会。余年几何？且儿辈均侍在京，往后决令其以劳动取食，以符主席各尽所能、各取所需之旨，无须田屋。为此，拟将上项田屋全部献给国家，以便归还人民。上两项谨呈，某不胜待命之至。未缘觐见，惟遥祝主席寿并河山……”

我们三个重新进屋时，宣主席正看着手机，磕磕巴巴地念着。念完了，感叹说，出了一头小汗。

你们说，这老爷子懂不懂？

懂懂懂。

原来还是在说齐白石。宣主席说，这是1949年，被短暂冷落后，齐白石给毛泽东写的信，这封信解决了好几个问题：他在艺专的待遇问题，政治表现问题，乃至于老家面临的地主成分问题。

这件事我也知道。齐白石给毛泽东写信不止一封，还呈赠了自己珍藏多年的端砚、歙砚和一方圆砚。送画送印自然也不止一次，还送过《鹰图》和一幅篆书对联“海为龙世界，云是鹤家乡”。1952年中央文史馆成立后，齐白石被聘为中央文史馆馆员。1953年1月，首都文艺界隆重为九十三岁寿星齐白石祝寿，周恩来亲临致贺。毛泽东事后补送四样寿礼：一坛湖南特产寒菌油，一对湖南王开文笔铺特制长锋纯羊毫书画笔，野山参一支，鹿茸一架。10月，徐悲鸿去世，齐白石当选首任全国美协主席。当年，齐白石又为毛泽东画《旭日老松白鹤图》《祝融朝日图》，上题“毛主席万岁”，又书“百花齐放，推陈出新”横幅。

所以我说，这老爷子大事明白。想做大师，先明大事！你们可都是大师呢，又指着我——你是未来的大师——大师大师，首先要明白大事。大事要明白！

不知道为什么，他的神情有些莫名的痛心疾首。

不不不，我不是大师，现在，将来，一辈子，永远都不是大师！我说。

不要谦虚。只要努力，就有希望！

不不不，我不要这希望。

汝窑咻咻地笑起来。我蛮喜欢看她笑的。

叶画家又过来给宣主席敬酒，脚步又恢复了踉跄。老胡对汝窑说，你也不扶着他点儿。汝窑很端庄地绷着粉嫩的小脸，对老胡说：扶一把容易，只是不能扶。扶了不合适。

众人看着她红嘟嘟的小嘴，静听下文。

汝窑嫣然一笑：该扶一把的，不是妾嘛。

哄堂大笑。

海参捞面上了桌，众人呼噜噜吃完了面。饭局即将结束时，碰杯，清门前酒。

现在，请宣主席指示。老魏说。

宣主席款款地站起来，声若洪钟地说：我就一句话——永远得感恩时代！伟大的时代！

感恩时代！！！郑大师、叶画家、老魏、老胡一起高喊。声音在房间里回荡。

没听见汝窑的声音，可能是太纤细了。我没喊。头晕得厉害，我喊不出来。我记忆的最后一个片段，是桌子突然高大了起来，椅子也突然高大了起来。我意识到，自己倒在了地上。地毯的图案是不规则的红黑花朵，细看起来很脏，可是在贴下去的一刹那，那种感觉，真踏实，真舒服啊。

合影为什么是留念

1

晚饭依然有饺子。自从宝从老家回来，她就开始每天做饺子。宝在厨房探了一下脑袋，说，又是饺子。口气顺畅得很，是任性吐槽的纯天然状态。她应道：吃絮烦了？宝急转弯道：怎么会。饺子好啊，好吃不过饺子嘛。妈妈，下半句是啥来着？我绞尽脑汁都想不起来呢。

舒服不如倒着。

对对对。还是老妈聪明。都说儿子的智商随妈，我这比您可差远了呀。

这一波马屁拍得明显敷衍，毫无质量，但她还是很受用。对于宝，能有什么抵抗力呢？没有。

妈宝男，她知道流行这么一个称谓，带着贬义的调侃。可她还是愿意这么叫儿子：宝。小时是小宝，大了就是大宝。此外还是有乖宝，臭宝，香宝，胖宝……各种宝。她最常用的是大宝。这唯一的孩子可不就是最大的宝贝？只是这宝一年到头也没几天能在她跟前闪闪发光地晃悠啊。

必须要有饺子的，今晚。作为最后一顿晚餐。——当然当然，这最后一顿仅限于现阶段。他以后的晚餐还多着呢，无穷无尽，福如东海，寿比南山……自从宝去国外留学后，她就格外在意用词的准确性，绝对不允许有任何不吉利的言语甚至念头。哪怕是不说出口的碎碎念，她也要在心里做出严格的界定和修正。

在老家也是天天饺子。为什么一定要吃饺子呢？宝问。

还不是因为你又要滚了，老祖宗留的规矩，送行的饺子接风的面。

这规矩，到底有什么内涵？

不知道。总归是有道理的吧。

迷——信。

我就迷信了，怎么的？

不怎么的。

和好了面，她还是抽空上网查了查。一个专家说："此乃北方民俗。民俗不是凭空而来，自有其意。饺子外形饱硕馅料丰富，寓意收获多多圆圆满满。面条外形修长犹如道路，寓意行程顺畅平安，还双关着'见面'的面。简而言之，就是'长接满送'"。

果然还是有道理的。

宝的这个暑假其实挺长的，从 5 月末到 9 月末，算起来足足有一百二十多天。只是因为新冠肺炎疫情，回国的机票不好买。总是才买不久，航班就被取消，反反复复好几回，她终于发了狠，让宝一下子买了三个航班，总算如赌博一般押中了 6 月中旬的一趟。飞机在成都落地，宝在成都隔离了两周，回到郑州已经是 7 月初了。在家里待了一周，就跑到北京某电商巨头企业，说是早就约好的实习，机会难得，不能浪费。这实习回来才多久，就又该走了，去英国读研。

想想也是辛苦。大学四年的课程，宝硬是在三年里以优等成绩拿下。每到暑假，也一定会给自己安排实习。第一年去了上海的一个国际公司，第二年去了斯坦福大学，跟着教授做项目，第三年也就是今年了。她看过他制作的简历，里面有一摞她看不懂的证书，还有他大学期间的成绩排名，她既惊讶，更疼惜，完全可以推测出这每一行字里浸泡的日夜，是另一种意义的秉烛挑灯和悬梁刺股。想到那些说留学生们都是花天酒地混日子的人，她就忍不住切齿暗骂：你们懂个屁。

2

六点过后，大小姐和二小姐陆续回了家。大小姐是哥家的孩子，是侄女，二小姐是姐家的孩子，是外甥女。大小姐在公司是行政高管，御姐范儿。二小姐在公司是首席用户界面（UI）设计师，文艺腔。她叫她们大小姐二小姐，宝叫她们大姐二姐。她们则叫他学霸。对于独生子女来说，这也就是最近的血缘关系了吧。她们大学毕业先后到郑州工作，房租贵，她的房子大，就都容了进来，一住就是五六年，一直到现在。都是纯良可爱的好孩子，在一起很愉快。宝留学后，更凸显出了这两个女孩子的重要性。三个女人整天柴米油盐，钗环脂粉，过着过着，也就越来越亲，有时候她觉得自己像个老姐姐，有时候又会觉得自己有一男二女，家底儿厚实得很。

女孩子们换了家居服，便来到厨房，听着她的指令，把饺子馅、面盆、案板、擀面杖、盖帘等一堆家伙什都搬到了客厅的大茶几上，一边看电视一边包饺子。宝和大小姐负责擀皮儿，她和二小姐负责包。宝只擀了一个皮儿就被大小姐解除了劳动权，瘫在沙发上看球赛。三个女人按照熟悉的节奏边干活儿边聊天。大小姐一个月前做了双眼皮儿，说自从做了这个双眼皮儿，公司的人说我发飙的时候眼睛特别大，特别圆，显得更厉害了。还有，骑电动车的时候，感觉那小虫子噼里啪啦往眼睛里飞呀飞呀。你们可别说我。我只整了眼睛，是最接近于母胎原装的了。公司的女孩子们，谁都比我过分。她们整天左整右整的，都整出了一张标准的网红脸，在刷脸机那里老是撞脸，比如第一刷是张三，后面几个来刷，刷出来就还是张三。总之，她们刷一次肯定不行，就得各种找角度，找好几次才能刷到她们自己的名儿。刷脸机笨哪，分不清啊。

哈哈哈哈。

喂，学霸，现在男生们也都可注重颜值了，你也做一个吧。

不做。身体发肤，受之父母。

妈妈在这里呢，同意你做。她连忙说。

您可算了吧。

在“身体发肤，受之父母”和“母亲逼你做双眼皮”这二者之间，你觉得遵照哪个才是孝顺呢？她问。

艰难人生，请勿挖坑。儿子远远地白了她一眼。

学霸今天忙什么去了？二小姐问。

吃饭呗。和同学。

吃的啥？

粗粮坊，不过一颗粗粮也没见着。

那很正常呀。商家嘛，就是打一个概念。真做粗粮你能吃得下？都是假装粗粮的细粮，和假装荤菜的素菜一样，谄媚你们的胃，安慰你们的心。

你们吃饭都怎么买单啊？AA吗？她比较关心这个。

可以说是项目AA，一个同学请奶茶，一个同学请唱歌，我请吃饭。

那请奶茶的同学可省钱了呀。

大小姐也嘎嘣脆地笑了：我也想说这个。

唉，不要计较这个。再说了，奶茶也不一定便宜。

照相了没？二小姐问。

没。你们女生就是爱照相，也不知道有什么可照的，有什么意义。

就是玩嘛。谈什么意义。

所以手机的美颜功能才开发得那么花哨，就是为了哄你们女生玩。真想不通你们为什么那么爱照相，那么爱合影。

有个古早的固定词组叫“合影留念”，没听说过吗？就是为了留念呀。尤其是合影，更代表着留念。二小姐幽幽道。

为什么一定要合影才是留念呢？留念方式可多得很。

那不一样。

有什么不一样的。还有，留念这个词也很奇怪，留什么念，又不是不见了。

这一次见和下一次见，肯定是不一样的。每年回来，每年照相，你把一年年的照片放在一起看，一定会发现点儿什么。

还能发现什么，还不是大家都老了。

哈哈哈哈。

……

他们在说老。老，如今对这个字，她已经很敏感了。老朋友，老物件，老房子，老家具……老自己。年轻人说起老来毫无障碍，那是因为隔靴搔痒，老人们说起老来自然而然，那是因为水到渠成。而她呢，人到中年，朝着两头张望。一边是回不去，一边是未到来。一边是越来越远，一边是越来越近。远的并不想远，近的并不想近。能怎么办呢？

没办法。只能手里忙活着，默默地听着他们说话。能插上几句就插上几句，插不上就专心致志地听，还努力地想去记。其实能记住的寥寥无几，她也知道。可她就是觉得这个过程很迷人。他们的这些闲话意味着什么？什么都意味不了，但是，似乎也意味着一切呢。

3

突然想起八岁那年，去照全家福的事。那是她童年记忆里第一次照相，也是唯一一次照相。在一个清晨，全家很隆重地出发了。家里原本只有两辆自行车，为了照相，还去借了两辆。那种加重的，带着横梁的二八式自行车。春天，麦苗正在返青，绿得生机勃勃，散发出淡淡的清鲜气息。父亲载着奶奶，大哥载着母亲，二哥载着弟弟，姐姐载着她。父亲的车在最前面，像是率领着一支小小的队伍。路上碰到熟人打招呼，问，这一大家子人去干啥呀？父亲回答：去照相。哎哟，照全家福哪。嗯。

印象里，几乎所有人听到父亲“去照相”的回答时，都会“哎哟”一声。那时照相刚刚在乡间兴起，算是一件时髦的事，因此也多半是年轻人的事。全家都去照相，在村里之前应该没有过，所以才会引出那么多“哎哟”。其中蕴含的讶异，恰到好处地印证着专程去照全家福是多么稀罕，让她小小的虚荣心得到了波澜起伏的满足。父亲甚至没有选择镇子上的照相馆，对镇子上的照相馆都有些看不上了。他们去的是市里。

至于为什么会去照相，很奇妙，在整个过程中，都没有人问起，也没有人谈起。仿佛去照这个全家福，是一件极不正常又极正常的事。因为极不正常，所以没人说起。也因为极正常，所以无须说起。她逐渐长大之后，一个问号才慢慢浮出来：为什么呢，为什么要去照那张全家福呢？在那个时候？

没有答案。

多年之后，她一次次地想起那个场景：四辆自行车。父亲载着奶奶，大哥载着母亲，二哥载着弟弟，姐姐载着她。没有比这更合适的搭配了。照相时的格局是两排，前排坐着三个长辈，奶奶居中，父亲在左，母亲在右。五个孩子站在后排，中间是大哥，左右依次是姐姐和二哥。她和弟弟把着两边儿。也没有比这更合适的格局了。

一切都是那么好。没有多一个人，也没有少一个人——没有爷爷，但他们并不觉得缺少他。他很早就不在了，不在至少已经三十年了吧，连大哥都没有见过他，连父亲都记不得他的样子。爷爷已经不在这个家里太久，很难想象他和奶奶坐在一起的样子，于他们而言，他只是概念上的亲人。

她穿着一件黑红格子外套，羊角辫子上扎着大红的蝴蝶结，脸上也搽了胭脂。

那张唯一的全家福里，没有一个人笑。

第二年，父亲去世了。

过了五年，母亲也去世了。又过了四年，奶奶也去世了。十年间，老人们都去世了。在老人们陆续去世的过程中，他们又照过几次全家福。照着照着，老人少了，孩子多了。照着照着，老人又少了，孩子又多了。就是这样，人少，人多，人多，人少。让她惊叹的是全家这个词的弹性：可以那么大，也可以那么小。可以人多，也可以人少——好像就是人少人多加剧着照全家福的必要性。在世的活色生香，于镜头里皆得见；去世的沉默寂静，于镜头的空白处也皆得见。

4

饺子包好，坐锅烧水。大闸蟹也上屉开蒸。她早早就在熟悉的店里预定了八只大闸蟹。刚刚入秋，大闸蟹还不是很肥，要搁往年，她会再往后延一延，等一等最好的时令。眼下还等什么呢？能让宝吃着，就是最好的时令。

一边在厨房里锅碗瓢盆，一边耳听着客厅那里聊得火热。

大姐，对象谈得怎么样了？

正谈着呢。

你这年龄，可得抓紧啊。

住嘴。再过几年你就会知道有姐姐在前面为你顶着有多幸福了。

二姐，你有没有三十五岁危机?

你可真能把天聊死。什么三十五岁危机，我三十岁还没到呢，没看今年最火的电视剧嘛，三十也不过是《三十而已》，何况是三十五?

不是说性别意义上的，是说职业意义上的。IT 行业，三十五岁就是一个坎儿。

那倒是。要是到了三十五岁，还没做过什么特别有名的大项目，就得偃旗息鼓，考虑往管理岗转型了。技术更新得太快，三十五岁的老人家一般都跟不上趟。就是勉强跟上趟，别的也会扯后腿。比如我的领导，那么那么能干，这一两年肯定也得离职，因为想生孩子嘛，她那个年龄，不能再耽搁了，总是在念叨着得回家备孕。我就等着她走的那一天吧。

你要这么想的话，二姐，别人也会等着你那一天的。

所以我不结婚，不让后面的人等到那一天!

哈哈哈哈。

大姐，你天天早出晚归的，好像比过去更忙了。忙啥呢?

请人喝茶。

喝什么茶？

查人呢，傻瓜。我管纪检这一块。

能查到么？

只要查，肯定能查得到。

人人都能查得到？

对。

真可怕。会开除么？

要看情况。国企开人，很多时候是因为违纪。

对了，我们是忙上班，你这是忙什么？饭局这么多，社交达人啊。也太社交了吧？这才在家里吃几顿饭呢？

每次回来不都是这样么？两顿正餐，一顿家里吃，一顿和朋友们吃。

这话头让她忍不住了，从厨房里跑出来接茬说，之前你每次回来都能待一个月，这次只待几天，情况不一样，就不能像以前那样分配额度。如果你只回来一天，难道也要分出半天给你的朋友们？家里和朋友们的份子，难道能均等么？

哦，原来你是这么想的。我想着之前从来都是这样嘛。就没想那么多。

以前这样，就对么？

哎呀妈妈，看把您气的，都说出鲁迅先生的话了——从来如此，便对么？

哈哈哈哈。

妈妈，别生气。姐姐们都在，可以做证。这样，您说个比例，在家吃几顿，在外面吃几顿，您规定好，我照办。

她没来得及反应，大小姐和二小姐像说相声一样开始了。

我来规定吧。以后呢，只能和你的朋友约早餐，去喝胡辣汤吧。

早餐？大姐你可真想得出来。

哈哈哈哈。

要么这样，你不是说请你吃饭的人太多么，总有主次轻重之分吧。你可以申报项目，把所有的邀请都报上来，我们几个一一评审，过审的项目就可以安排。

哈哈哈哈。

对了，你还可以这样，把你各路的朋友：海龟的、高中的、初中的、足球球友、网友球友、乒乓球球友等等等等，约到一桌上，请一大顿，批发式搞定。

哈哈哈哈。

对了，你还可以这样，把朋友们约到同一家饭店，定好不同的包间，你像我们领导一样，挨个儿去包间敬酒。我们领导管这叫“串摊儿”，是批发的升级版。

对了对了，你还可以这样，每个正餐吃两顿，先在家里吃一下，再到外面吃一下。这样你一天能吃五顿饭，如果还排不开，就再加个烧烤宵夜什么的吧，一天六顿。这样下去，你简直可以搞吃播了。

哈哈哈哈。

别逗了，你们。

对了，你实习的感觉怎么样？

好啊。同事们都对我挺好的。我年纪最轻，资历最浅，学历最低，技术最差……

还排比句呢。

实际情况嘛。年纪最轻的不一定资历最浅，资历最浅的不一定学历最低，学历最低的不一定技术最差……我是所有短板俱全。人家都是硕士博士的，也都不嫌弃我，还都主动教我。氛围真的很好。前两天我要走，正赶上团建，就一并欢送了我一下。我都快被温暖哭了。

可别瞎感动。等你正式入职就是另一码事了。团建的本质么，就是表演。表演其乐融融，表演团结一心。

哈哈哈哈。

那到时候再说吧。反正我这个阶段就是享受。

对了，照相了没？

又是照相。没照。为什么要照相啊？

照相非要为什么吗？不为什么也可以照相呀。

如果你非要问为什么，我也能给你一个响亮的答案：想看看有没有帅哥!

5

漫长的青春期，她都不爱照相。因为觉得自己丑。她变得热衷于照相，是从谈恋爱时开始的。谈恋爱后，他说喜欢摄影，约她去旅游，穿着贴满口袋的马甲，拿着个相机，一副煞有介事的样子。他让她站在这儿，站在那儿，摆这个姿势，摆那个姿势，这样逗着她，那样逗着她。照片洗出来，她的笑容很多，他赞她美，她也觉得取景框里的自己不一样了，眉目之间，像是换了一个人。

新婚时，跟着他单位的人去旅行，之前跟他说，要他借个相机，想要多拍点儿照。此时他对摄影已经兴味索然，没有借，说一个关系不错的同事带有相机，可以趁着人家的相机照。两人为此吵了一架。但免费旅游的机会不多，去还是要去的。她远远地和他同事的相机拉开着距离，敬而远之。相照得很少。照出来的也没有一张好的，倒也没什么遗憾。

等到手里宽松了一些，她就补偿似的，前前后后买了好几个相机。带胶卷的老式相机就换过三个，淘汰掉后，就是卡片机，单反，微单，都有。逮住个什么由头就会拎着相机去，照啊照啊。到底也不知道照了多少，还喜欢挑出好的洗印，装册。多年过后，搬家，整理房间，赫然一摞体积惊人的大相册，全是合影，培训班结业的，同学聚会的，同事聚餐的，单位会议的。她毫不犹豫地都扔掉了。小相册里也有很多小合影，她仔细翻拣了一遍。曾经不错的朋友，现在居然叫不上名字了，她也毫不犹豫地扔掉了。还有越来越厌恶的那种人，想起来就觉得厌恶的，她也扔掉了，只是扔之前把自己留了下来。可看着自己这半张又觉得怪异，明明是张合影，此时只剩下了一个人，那个被剪掉的人就真的剪掉了吗？末了，她还是把自己也扔掉了，仿佛是殉葬。

和丈夫离婚时，宝正在读高三，已经拿到了七个大学的Offer，都是国际名校。这些 Offer 仿佛也是他们离婚的 Offer，两个人终于离掉了彼此都想离的婚。但还是一起参加了宝的高中毕业典礼，典礼完了，其他孩子都是和父母一起照相，前夫看了看她，她没看他，想要走，又有些踟蹰。终于，前夫说，照个相吧？她没说话。宝这时刚帮别人照了相，那个同学也过来说，我来给你们照。宝便一边揽住父亲，一边揽住她，不由分说地，拍了那张合影。她不想笑的，可是宝在揽着她啊，她便笑了。后来看照片，几乎看不见她的笑意。可是她知道，是有的。照相的时候，又甜蜜，又委屈，又感慨。五味杂陈。

宝后来劝她说，不是什么大事，不重要，不要太在意。

他一连串的“不”让她突然有些懊恼。

既然是这么不重要的小事，那干吗还要做呢。她说。

宝不说话了。不说话的宝有些可怜，她的心迅速地软了下去，跟宝道了歉。宝拍了拍她的肩膀。

宝出国后，照相成了他们母子之间的一个高频词。为了照相，他们还时常有些龃龉。比如，她让他发照片给自己，他总是顾不上，总是应付她，有一次还发了小火，说，妈妈，我不是在玩，学习任务很重的，你就别烦我了。好像让他发照片，是陪她玩的一种方式似的。她沉默了一会儿以示情绪，其实也不过是两三分钟吧，便回复道：对不起啊大宝，你忙吧。

宝也沉默了两天后，发来了两张照片，说：妈妈，对不起。

她一边掉泪一边回了个大大的笑脸，说：没关系啊我大宝。

有一次，他支差给她发来一堆街景，她一张一张地看着，看着看着就气得笑了起来。这个熊孩子，她是为了看街景吗？又不是没有出过国，她稀罕看街景吗？

还有一次，两人半开玩笑地聊起照片的事，宝说，要不要签个合同啊，比如，每周发一次照片，每次不少于五张，背景要不同，面部要清晰，还要有表情，露出八颗牙最好……母子两个商量着，就乐了起来。

她建了好多个文件夹，收藏着宝发来的所有照片。他的录取通知书，他租住的房间，他去谷歌参观时的临时通行证，他和朋友们去看NBA总决赛，偌大的球场。他去中餐馆吃饭，点了凉皮和肉夹馍，有一次还点了“左宗棠的鸡”。他去哈佛比赛，嫌酒店既远且贵，就在草坪上过夜，买了个小帐篷，照片里的他从帐篷拉链里探出了黑黝黝的脑袋……她统统分门别类地收藏起来。有空就看，有空就看。

大二回国的时候，宝从老家回来，去洗澡，她偷偷翻了翻他的手机，想看看里面有没有新照片。果然有。其中有两张里，多了一个中年女人和一个女孩子，前夫的嘴角微微上挑，表明他在笑。女人则笑得很努力，看着很温柔，温柔得几乎没有形状。女孩子没有笑，十五六岁的样子，脸上绷得很紧，是一副想要拒绝又不知道该怎么拒绝的倔强又尴尬的神情。齐刘海并不很齐，凌乱的那几根头发挑动出不逊和不驯，也隔着虚拟的空间，针一样地刺着她，痛着她。

唯一让她舒服的是，宝没有笑。但她还是朝着宝发作了。问宝，为什么要配合拍这张合影，宝用浴巾擦着头发，道：不就是张照片吗，爸爸也不容易嘛。她道：我容易？宝说，都不容易，所以，差不多得了，妈妈。

她没话说了。她不希望孩子有后妈，可自己又不能回去。回不去了。还能怎样呢。她的前夫永远是孩子的爸爸，这是决定性的结果。所谓的前夫前妻只是他和她之间的。对于孩子而言，只有亲生父母，没有前爸前妈。

后来，那女人还是带着孩子走了，据说是跟前婆婆水火难容。她听到消息后长长地松了一大口气，再看宝和奶奶的合影，觉得这位前婆婆慈眉善目了许多。

6

饺子煮好，大闸蟹也蒸好了。还有一道清蒸鲈鱼和一个烩菜，是早就备好的料，出菜快得很。烩菜里有竹笋、白玉菇、牛肉、火腿、豆角、木耳、粉条种种，整个儿就是乱炖。看着品相一般，味道却很不错。

一切齐备，开始吃饭。先吃蟹。如以往一样，每个人都笨手笨脚地剥着螃蟹。到底是北方人，不习惯吃螃蟹，每次吃螃蟹都像是第一次。一边吃一边吐槽螃蟹肉少，没啥吃头。

你们都没有喝过茅台吧？

没有。

要不要喝点儿啊？她提议。

不！三个孩子异口同声。

我希望你们人生第一次喝茅台，是和我一起。

三人全乐了。说喝茅台是什么重要的事吗，重要节点必须喝茅台吗，不喝不喝不喝。

好吧，那就不喝。

家里有两瓶茅台，算起来也存有快十年了。她也从不嗜酒的，可是不知怎么的，看到茅台，她就会想到孩子们，和孩子们吃饭，就会想，要是喝酒一定喝茅台。嗯，将来一定要和孩子们把这两瓶茅台喝掉。

边吃边聊天。聊什么呢？聊杨紫，聊易烊千玺，聊刘昊然，聊韩剧，聊海底捞，聊抑郁症，聊双性恋，聊健身，聊平板支撑，聊动感单车，聊漫威，聊桃总为什么叫桃总，聊死士为什么叫死士，由正播着的《中国好声音》聊到了《乐队的夏天》，聊整天加班头发都要掉光了，聊买假发片。

终于吃完。宝去了房间，好一会儿都没出来，她便跟了过去。还是在收拾行李。行李总是这样，不到临行时就不可能收拾妥当。巨大的行李箱摊开在地，真当得起一个乱字。不过在她眼里，这是气势磅礴的乱，也是欣欣向荣的乱。她目不转睛地看着宝拎拎放放，取取拿拿。他在家的时时刻刻，她都想跟在屁股后面看着。看不够。

妈妈，你去歇着呗。我整理行李很有经验的，不要担心。他说。

他大多时候叫她"妈"，撒娇的时候才会叫她"妈妈"。她耳中最动听的称呼，就是他口中的"妈妈"。把女儿比作父亲的小情人，把儿子比作母亲的小情人，她曾经很反感，但是现在，慢慢理解了。情人之间爱到最美好的时候、最纯粹的时候，就接近于父母对儿女的这种爱。情人之爱是血缘之外的极致，父母之爱是血缘之内的极致，有意思的是，情人成家方为父母——血缘之外的极致诞生了血缘之内的极致。也许是两种极致之爱无从映照，就只好互相映照。哪怕映照得有些荒唐，却也在不可理喻中获得了某种理喻。所谓的天地造化，大概就是如此吧。

宝卧室的书架上，摆着几张装框的照片，都是他格外心爱的。小学时的乒乓球队合影，初中时的网球队合影，高中时的足球队合影……从小到大他都热爱运动，球队是他业余生活重要的组成部分。她从书架上抽出一本影集，翻起来。宝的照片，她按时间做了排序。满月照，百天照，夏天露着小鸡鸡的洗澡照，幼儿园毕业的全班照，和同学去春游的，在学校操场上跑步的，代表学校去台湾进行交流的，合家游时在清明上河园穿着武士盔甲的，在家里打扫卫生的，每年过生日的，戴红领巾的，第一次坐飞机的……各种，各种。这本影集旁边，是一本大红色的小影集，装的全是他们三口之家的合影。她摸了一下，到底没有打开。手指微涩，已有淡淡的灰了。

哎哟，又在那儿欣赏呢。有那么好看？宝说。

是啊，好看。

我觉得吧，小时候的照片还挺逗的，长大以后就没啥意思了。

嗯，再放几年，就有意思了。照片如酒，是需要时间来发酵的。

您又抒情来了。

所以，你首先得现在多照，将来才能拥有很多意思。

您可得了吧。

这次回老家，照相了没？

那还用说。

给我看看呗。

在手机里，自己看。

他回老家，照例要照相。和爸爸，和奶奶。这次依然是那种非常正式的照相：老太太坐在前面的太师椅上，他和爸爸立在后面。她看到过几张。十分端庄，甚至悲怆。她不能看太久，看太久会落泪——每一张都可能会是祖孙的最后一张。

可笑吧，这么照相。宝也凑了过来。

可笑什么。不可笑。

妈妈，为什么一定要这么合影呢？

她看着这张脸，思忖着该怎么回答。这张脸，乍一看已经是成熟的男人脸了，在外面也一定会被人们看作成熟的男人——完全民事行为能力人，法律是这么界定的吧？可是，在她眼里，他还是个孩子。突然想起在哪里听到的笑话，一个三十多岁的男人，闯了祸被警察抓捕了，他母亲哭喊着求情说：饶了他吧，他还是个孩子啊。讲的人都乐得不行，听着的人也没有不乐的。可是，此刻，和那位母亲之间，她居然也有了一种荒诞的共感。在母亲眼里，孩子永远是孩子。有错么？没错。这世界上绝大多数的母亲都会有这样的心理吧，愚蠢得可爱，可爱得愚蠢。

请回答，妈妈。

你二姐不是说了么，为了留念呀。她笑。

为什么一定要合影才是留念呢？视频也是留念嘛，语音也是留念嘛。

她又陷入了沉默。这个问题貌似刁钻，其实稍微梳理一下就能给出点儿说法，找到像样的答案。比如，因为视频和语音都是需要播放的，都是流动的。流逝流逝，流动就会逝去，当然不宜留念。可是照片，只要你按下了快门，就能将近在眼前的这一刻，凝固且被保鲜为绵长光阴。这薄薄的存在啊，就是被截取下来的瞬间真实，就是在无尽岁月里可以被反复验证的瞬间真实，就是有能力打败强大时间的瞬间真实，就是将稍纵即逝的珍贵的一切储存下来以便反哺和抚慰孱弱人心的，瞬间真实。

它还那么安静。安静的事物总是有种不可思议的力量，能够让人依托和信任。

——这些个话，作为回答，是不是很像样？

可她没有说。她不想对他讲太多。她不想在这个时候搞一个小型学术研讨会。

这个问题太难了吧？宝很得意。

是啊，挺难的。她说：我们还是在实践中去寻找答案吧。

妈妈——

快点儿，去照相！

7

但也不是立马就能照的。照之前当然得做准备，换衣服，化妆。哪怕是在家里，是和家人一起照相，也得收拾收拾。宝屹然不动，穿着他的T恤和牛仔裤，等着女生们各种打扮后，光鲜亮丽地走出卧室，预备开拍。宝努力经营出一副没脾气的样子，但下一句就露了原形：计划照几张啊?

她们全笑了。

照到满意为止！大小姐说。这是标准答案。

每个人都要站一遍C位，每个人都要和宝合影，然后，是各种角度的大合影，谁在前头显得谁脸大，脸大就是吃亏，自然了，排到最末就是脸小，脸小就是沾光。于是就挨次排到最前头，挨次吃亏和沾光。

够了吧，我要倒数五个数了。行李还没收拾好呢。宝说。他忍无可忍了。

于是就按他说的，又拍了五张，他终于解脱了，逃也似的跑回了卧室。剩下她们继续拍。她和大小姐合影，和二小姐合影，大小姐和二小姐合影，三个人一起合影，一起嘟着嘴的，一起做鬼脸的，一起瞪眼睛的，好玩啊，真好玩。对于女人来说，照相似乎就是一种特别好玩的游戏。拍照状态中的女人，或多或少都有戏精的潜质。

终于拍完，回看照片，再把满意的精修，把不满意的删去。人人都只顾着看自己。相对于自己，她更爱看宝。可是这个宝啊，只有有限的几张能看出他在笑，其他照片里，他的样子就是个路人。衬着女人们戏精的表情，居然也别有一种戏剧化的喜感。

她又逛到宝的房间，继续看宝收拾行李，二小姐是收纳高手，也过来帮忙参考。一大一小两个箱子，要装多少东西呢？春夏秋冬的衣裤鞋袜，帽子围巾手套拖鞋，牙膏牙刷剃须刀沐浴露，感冒的消炎的跌打损伤的各种药……庞杂得像一个小型超市。还不时有计划外的建议冒出来想要挤进去。箱子早已经鼓胀得此起彼伏，多一点儿都要崩溃的样子，但其实还是能再塞一点，再塞一点。

她看着她的宝。宝手指上的小肿块，是疣。他在国外已经发现了好几个月，却不告诉她，怕她胡思乱想。自己也不舍得去看医生，怕花钱太多。一回到家，他们就去了医院，确定了是最寻常的疣，她才松快舒展了下来。不过当晚也没睡着，在某度上查了又查。他们一起呵斥她：查什么查，“某度查病，起步癌症”，没听说过呀。

她看着宝的白牙。衬着他小麦色的皮肤，显得分外白。他一回国就去洗了牙。他洗牙的时候，她也跟了去，一边看着他洗牙，一边和医生聊天。医生问他在哪里读的大学，准备去哪里读研，听到学校的名字，照例赞叹了两声，夸奖了几句。又说几乎所有的留学生回国都必然会去看牙医，因为国外看牙特别贵，特别特别贵。也有在国外的华侨利用假期全家回国内看牙的，因为飞机票和看牙的钱相比简直可以忽略不计，划算极了。

一边看着，她一边用手机悄悄拍着。拍了几张宝的单照，又调到自拍模式，远远地把宝框进镜头里，和宝合影。她调了静音，没有快门声，宝应该没察觉到——抬起眼，才发现宝在斜睨着她。她的脸唰地红了，仿佛是一个被抓了现行的小偷。

你这执念也太深了吧妈妈，为什么呢？宝的语气是嗔怪。有些严厉了。

她突然也有些恼羞成怒。

因为——她一字一句地说着，自己也知道自己在此刻显得很幼稚，幼稚就幼稚吧——在生活中，我们不会永远在一起，但是在合影里，我们可以永远在一起。

切，永远。您这话听着，牙都要倒了。宝轻轻哂笑。

是啊，永远。她也笑。只能笑着，只适合笑。不这么说，又该怎么说？能说这些么——因为我会死去啊。因为我会比你早些离开这个世界。在我离开这个世界后，你会想念我的，想念我的时候，看照片就是最简便最有效的方式。照片不占什么地方，还真是特别适合留存和思念，嗯，就是留念。

当然不能说。不能。

宝看着她的脸，愣了一下，似乎明白了什么，嘴唇动了一下，却也什么都没说。那一刻，她知道，他仿佛意识到了这是一件什么事。他的小脸很严肃。

8

第二天，她很早就醒了。确切地说，是根本没怎么睡。宝就在隔壁，他的呼吸离她这么近，她舍不得睡。还有些事情由不得要操心，尽管宝安排得井井有条，根本用不着她操心。她刷着英国的疫情，计算着郑州飞广州的航班与接下来的国际航班之间的时间，又去查这趟国内航班的准点率，准点率还行，不至于因为这趟拖累了下趟。又寻思着再给他带点儿什么药，能不能再塞进去几只口罩……

六点多，她轻手轻脚地起了床，煮好了鸡蛋熬好了粥，又去外面买了胡辣汤肉包子素包子水煎包牛肉盒子各若干，琳琅满目地摆了一桌子早餐，宝也醒了。两个姑娘也起了床，她们三下两下吃完，和宝拥抱告别，各自上班去。

她又让宝把行李检查了一遍，护照之类的证件也一一又验视过。突然，她想起了昨晚剩下的几个饺子。

再吃两个饺子吧？她问。有些小心翼翼。

好的妈妈。

宝很痛快地把她煎好的饺子全吃了。

他们早早到了机场。他同学还没来，他们便先办着手续。终于，他同学来了，送行的有五六个人，七嘴八舌的，越发显得他们这边冷冷清清。那孩子却是一派心不在焉，有一搭没一搭地草草应对着他们，一边和宝聊得欢天喜地。忽然，她清晰地听见他父母亲在商量要不要再拍张合影，说刚才吃饭的时候拍的照片糊了，得重新拍。商定之后，他们察言观色地跟儿子提了出来，那孩子却断然道，怎么没完没了啊。又是照相，照什么照。别照啦，不照！

一群人都尴尬在那里。她也跟着尴尬起来。突然，宝就走上了前去，拍了拍同学的肩膀，说：时间还来得及，照吧，赶快照。我来给你们照。

那孩子看着宝，有些懵懵的样子。宝又拍了他一下，呵斥道：赶快照！

小瓷谈往录

实际上，在一个人的身上会发生所有的一切。

——S. A. 阿列克谢耶维奇

1. 缘　由

之所以能和小瓷长聊这一次，是因为雪姐。雪姐是我豫北老家的学姐，是一家贸易公司的老总，已经在郑州居住了二十多年。我十几年前刚到郑州的时候，因一些琐事承她帮忙，见面比较多。这些年见得少了，近两年只保持着偶尔的微信联系。前些天，她特意给我打了个电话，主题就是小瓷。

雪姐说，她女儿和小瓷的女儿自幼儿园起就是同学，也是好朋友，两个母亲被牵连着，就熟悉起来。都很忙，之前也没怎么详聊过，这次她们一起带孩子去英国游学，住在同一栋房子里，每每孩子们按行程忙去了，只剩下她们俩，她们就聊啊聊啊。雪姐的生活简单，三言两语就聊到了底儿，小瓷的事情却多，于是越聊越细，越聊越深，两个女人就此打发了很多时间。

这个女孩子的故事可有意思了，可有意思了。雪姐在电话里反复强调。

“女孩子”，这个称呼让我莞尔。算起来，小瓷比我小两岁，也有四十五了吧。这个年龄的女子，早就被某些社会标准定义为大妈了，可雪姐还叫她“女孩子”。且也不是个例。近些年，常听到中年妇女们彼此叫“这丫头”“这姑娘”“这孩子”的，颇有点儿酸倒牙的味道。男人们肯定会在背后嘲笑吧，但是，这份女人对女人的娇宠和疼爱，我倒是很喜欢的。

还有“有意思”。如我这般的职业写作者，整天琢磨的，就是怎么“有意思”，整天浸泡在“有意思”里，对于“有意思”的认定和很多人自然也有不同。因此，对于雪姐说的“有意思”，我是打了问号的。不过，雪姐既是这么热情，我也不好推却，就约了聚一聚。和雪姐毕竟多年没见，哪怕仅仅是见见她，也是应该。

约见这天，就在我准备出发时，雪姐打来电话，说孩子发烧，要去医院，让我和小瓷如约见面就好。

反正我都听过，再听也是复习。她会敞开说的，一定是个好素材呢。雪姐说。

我无声地笑。素材，又是这个词。碰到过太多的人试图提供给我素材，或者干脆就不由分说地给我提供了过来，对此，我常常是坚决谢绝：“您的素材还是自己留着写吧，我有自己要写的东西。”——也许只有同行才能明白吧，不是任何人的任何故事都可以成为素材的。温暖的，冷酷的，惊险的，平淡的，都可能是素材，也都可能不是素材。对于素材的分析、判断和使用，只有下笔的人才最清楚。当然，话说回来，撇开素材不提，赴约在即，去听一个陌生人谈谈往事，也不错。

约见之地是郑州东区的一家茶馆，名曰瓦库。以瓦为主要的设计元素，清明素雅，我和女友们常约在这里聚会，觉得气场很合，极为舒服适宜。论起来，瓦和女子似乎也确有渊源——古人将生女称为“弄瓦之喜”，尽管瓦义古今有别。

约的是中午十二点，我十一点五十分到，小瓷十一点五十五分到。她身材高挑，足有一米七。穿着黑色连衣裙，外罩淡蓝色风衣。进屋坐定后，她的座位处似乎都提亮了几分，可见“光彩照人”者不仅是照人，也照地方。细看她的五官，眼角微微上挑，眼距有些宽，嘴巴也有些大，有点儿像清瘦一些的邓丽君，也有点儿像丰腴一些的舒淇。皮肤特别好，恰如瓷一般。言行举止中有着一种不自觉的妩媚风情。声音也清脆甜美，笑起来十分爽朗，很有感染力。在吃饭喝茶带聊天的三个多小时里，她不时大笑，让我不由得也跟着她的节奏大笑起来。她笑时眼睛里闪闪发亮，眼角虽有细细的皱纹，却毫无沧桑之感。一个女人到了中年，还能有这样的精气神儿，真是不多见。

先从她的名字聊起。她说，她爸爸喜欢钧瓷，她哥哥名叫钧，她就叫瓷了。她还有一个妹妹，叫玉。她莞尔一笑：我爸说，好瓷如玉。

2. 姥姥的教育

我从小是姥姥带大的。姥姥家在甘肃，离兰州不远的一个小城。我是三岁到的姥姥家。那时我妹妹刚出生，我妈怀她时身体就不大好，生下她后一直缓不过来。我哥也才五六岁，我爸妈实在是顾不过来，就把我送到了甘肃，让我姥姥带我。你如果仔细辨认的话，我现在的口音还有一点儿甘肃味儿。

甘肃味儿，是什么味儿？

就是大西北的味儿嘛。那边人的口音比较硬。后来到的地方多了我才知道，一方水土养一方人，自然也养一方口音。比如南方地界，就是得软，北方地界呢，就是得硬。咱们河南呢，就是得圆圆的，滑溜溜的。

哈哈哈哈。

那时候在那边，物质比较匮乏吧？

那时郑州物质也不丰富啊。但我在小城的生活质量还是很不错的。姥姥一家子，除了我大舅，其他都是铁路上的人。姥爷姥姥退休得早，我二舅接的是姥爷的班，小姨那时候还小，长大后也进来了。铁路上的工资福利都还行，姥姥家不差钱。我吃穿上从来不缺，过得挺快乐的。

上小学前，主要是姥姥带我。姥姥，她和一般的老太太不一样，很不一样。她不大会做饭，却很会玩儿。她经常带我去玩儿，我小的时候，她带我在小城附近玩，我上小学后，一到周末，她就带我坐着火车短途旅行，对，她免票。那个年龄，我也免票。那时候，敦煌，玉门，嘉峪关，我们都去过。姥姥说，你是一个女孩子，一定要见世面。见世面很重要。我问姥姥，男孩子见世面就不重要？姥姥说，当然重要，不过相比而言，女孩子格外重要。因为男子汉走四方嘛，越是长大了越能走得开。女孩子呢，长大了就结婚生孩子，容易被拘到家里，想出去就难。小时候见过世面，眼界就宽。这小时候的眼界宽，是打底子的宽，以后就不会太窄。

深有同感。我家是儿子。一直觉得“穷养儿子富养女”这句俗语可琢磨的点儿挺多的。其实，无论是儿子还是闺女，都有需要穷养的地方，比如在意志、品性、习惯等方面的捶打磨炼上，都应该严格要求。也都有需要富养的地方，比如想学什么东西，想去哪里增长见识，无论是儿子还是闺女，都值得鼎力支持倾情付出。反正我对儿子是如此。只要他有这方面的想法，只要在我能力之内，花多少钱我都绝不心疼。我开玩笑对他说，属于你的这一份儿钱，我最愿意花在你这方面的成长上。将来的房啊车啊媳妇儿啊，就靠你自己的本事啦。

姥姥也经常带我去兰州，常常是，吃饱喝足玩累了，我们俩就坐在车水马龙的马路牙子上，看人。一边看，她一边给我出题。问我，你觉得哪个女人漂亮？我就说哪个哪个漂亮。为什么？我说，她穿的衣服好啦，戴的首饰好啦之类。她再问，衣服首饰好在了哪儿？她就这样逗我说着，随时点评。比如我说，那个女人明明个子矮，可看着高。她说，那不是高，是挺拔。所以女人得挺拔，挺拔了就显得高。再比如我说，人还是年轻的好看，老的就是丑。她就不乐意了，绷着脸说，年轻也有丑的，老了也有好看的。姥姥我不好看吗？

哈哈哈哈。

我们的笑声震得茶杯里的茶似乎都晃悠出涟漪了。真是可爱的姥姥啊。

我连忙说，好看好看，姥姥好看。姥姥就说，女人好看，不能光仗着年轻。你看咱们吃午饭时隔壁桌那个女人，也不年轻了。可你是不是觉得她很特别？她的五官长得可不算好，眼睛不大，眉毛不浓，头发不黑，个子不高，皮肤也不白，可她点菜的时候，吃饭的时候，跟那些咋咋呼呼的女人就不一样，对不对？你去跟她说话，肯定也不敢放高声，对不对？我跟你说，这就叫气质。气质这个词，我就是从那时候知道的。

你可真洋气。

那是。谁让我有一个洋气的姥姥呢。

姥姥家不是单元楼，而是一个小院子。在那个小院子里，姥姥也经常给我上仪态课，教我怎么站立行。比如，穿裙子的时候应该怎么坐。她教我，坐下来的时候，双手从背后到臀部，虚虚地捋一下，再坐。这样的话，起来的时候，裙子后面不会皱，而且会显得优雅。那时候，我走路有点儿外八字，这成了她的眼中钉。只要看到我犯了毛病，她就会说我。说一遍不行，两遍不行，下次就一脚踢过来，我才能长记性。她踢我的时候，那可是一点儿也不优雅呀。

哈哈哈哈。

敲门声响，服务员进来，送上了一道干炸深海小黄鱼。吃这种鱼，我一向懒得用筷子，就用手拿，觉得痛快。小瓷却不。她仍是一筷子一筷子地吃着。

像我这么手拿着鱼吃，你姥姥不会答应吧？

对外人她会很宽容。对我，肯定是要教育的。我食欲很好，可姥姥从来不让我吃得太饱。主要是为了健康，再就是要养成节制的习惯，不让我胃口太大。她说，女孩子，不能傻吃。那时候，我穿的马甲和棉袄都是她量着我的身子做的，紧紧地贴到身上，既暖和，还能保持身材。对了，她还每天带着我看央视的《新闻联播》，看《人民日报》，说应该关心国家大事。

真是完美的生活。我感叹。

哪儿会有完美的生活呢？我二舅是癌症，死得很早。

我怔住，一时间，竟然不知道该说什么。

不过，生活态度可以尽力完美。二舅的坟在山里。姥姥经常带我去给二舅坟前的树上浇水，有柏树，也有松树。附近山沟沟里有条河，就用河里的水。河里还有很多鹅卵石，给树浇完了水，姥姥会捡几颗鹅卵石回去。我们家的窗台上，花盆里，摆的都是鹅卵石。她还在山沟里挖青苔，把青苔放进花盆里，摆得满满的。对了，她还抽烟。不过，她说她抽烟为的是抽出烟灰，给花攒钾肥。你听听，抽个烟都能找出这么美的理由，好像她是为了花才抽烟的。

哈哈哈哈。

现在，回想起来，我觉得我姥姥还真是好看。在她那个年纪的老太太里，她真是数一数二的好看。

沉默中，想象着小瓷的姥姥，我认可小瓷的判定。在那个年代，在同龄人中，她一定是数一数二的好看，好看得就像我的奶奶一样。

3. 二舅和小姨

你姥姥也是这么教育你小姨的吧？

差不多。她教育女孩子很有一套。

那她怎么教育男孩子呢？我有个儿子，比较关心这个。

我大舅不用怎么教育，天生的学霸，小学，中学，大学，硕士，博士，一路读上去，直到留校当老师，根本不用操心。二舅么，是个学渣，再教育也不成。可是，他对我特别特别重要。嗯……他的角色，有时候像爸爸，更多的时候像哥哥。可以说，少年时期，对我影响最大的男人，就是他。那时我最大的安全感，就是来自他。对了，我忘了说姥姥对我的安全教育。七岁那年暑假，姥姥想让我学点儿防身术，就把我送到了兰州武术队。我一看，压腿练功什么的太受罪了，就很抵触。我就哭啊哭啊，把我姥姥哭得没办法，只好作罢。

你在那里学了多久?

满打满算一天。一日游。

哈哈哈哈。

是二舅教的我武术。二舅本来就会点儿拳脚，为了教我，又是看书又是找师傅的，可认真地又去学，边学边教我。那时候，他的身体真是好啊，铁打的一样。我就跟着他，整天哼哼哈哈地练武。说起来，我姥姥家在小城里很是有点儿名气，一是因为大舅学习好，二是因为二舅爱打架，三是因为我小姨很漂亮。小姨那么漂亮却从没人敢招惹，也是因为她是二舅的妹妹。用小姨的话说，在小城的街上，咱们都可以像螃蟹一样横着走。为啥？因为有二舅呀。

哈哈哈哈。

二舅要是闯了祸，回到家必定会挨打。我姥爷打，我姥姥也打，他就硬挨，就梗着脖子，不哭。一副宁死不屈的样子。

二舅保护我的第一件事，我一辈子都忘不了。那是我刚上小学一年级的时候。姥姥家离学校可近，五分钟就能走到，所以我都是踩着铃声上学，每次都是慌慌张张地进教室。有一次，我又是踩着铃声进教室，同桌的男生应该是早就想和我捣一下乱，就瞅准时机，在我坐下的一瞬间把我的凳子翻了过来，让四条腿朝上，我来不及反应，一下子坐了上去，被凳子腿戳着了。是有点儿疼，关键是还跌到了地上，丢人啊。你想，我这么一个有模有样的小淑女，跌到地上了，这还了得？我立马哭着回了家。二舅一听我哭诉，二话没说，就到了学校，替我报仇。他很有技巧，把那个男孩子揪出了教室，却没打他。可他的气势吓人啊，怒发冲冠，怒眼圆睁，比打人还吓人。要是下手打了，会让人知道有多疼。可是他没打呢，你就不知道会有多疼，这更恐怖，是吧？

哈哈哈哈。

那个男孩子立马认怂，痛哭流涕地承认了错误，说保证不再欺负我。二舅说，这还不行。我还要交给你一个任务，那就是，你要保证以后没有人再欺负小瓷，以后要是还有人欺负小瓷，我就找你算总账。结果那个男孩子真对我负起了保镖责任，一放学就跟着我，护送我。二舅后来告诉我，这就叫有文有武，有勇有谋。

我二舅读书不行，可这不妨碍他聪明。我一直觉得学习成绩不能代表一个人的智商。旧社会，那么多人没机会上学，你能说他们不聪明？不见得，是吧？我二舅的心性就不适合在学堂里读书，他说他适合自学。凡是他想自学的，成绩都不赖。武术是一项，他还会做木工。我姥姥家里存有可多原木板材，本都是给他准备做结婚家具的。就因为他对木工活儿有了兴趣，就硬是没请木匠，自己琢磨着做了一大套新家具，什么碗柜、橱柜、书柜、写字台、梳妆台、餐桌……全活得很，周正得很。可是，他到底也没有结成婚。

二舅他，人长得挺帅的，又高又壮，一口细白牙，还爱干净，身上啥时候都是一股淡淡的香皂味儿。他也喜欢在穿衣打扮上教育我，不过他的教育方式跟姥姥有点儿区别。他是站到我跟前，把衬衣往裤子里一扎，说，皮带不要太高，太高了是不是比较傻？是。太低呢？他转过身，是不是就吊到屁股上了？是。那你就记住了：皮带不能扎太高，也不能扎太低。高了比较傻，低了不利索。还有皮带压出来的腰褶子，不要打前，也不要打后，要匀到身体两边。——你看，他说得多细。他这么教我的时候，我就像个二哈一样。

我小姨也教我。小姨比我大十来岁，我到姥姥家的时候，她也才十二三岁。有时候姥姥没空，她就带我。她经常命令我干这干那，我要不干，她就揍我。也不敢真揍，就是挠一下，推搡一下。她也经常撵我，让我滚回河南去。有一次，我跟她顶嘴，她正洗着我的衣服呢，恼了，就把我的衣服扔了一地，还踩啊踩的。正好我姥姥回家看见，她做贼心虚，居然说，她是听说这么踩踩会让衣服更干净。

哈哈哈哈哈。

后来么，我们俩就越来越好了。她也教我打扮，方式和姥姥、二舅也不一样。只要有空，她就会身体力行地当模特，扒拉自己衣柜里的衣服，一件件穿给我看。我们俩真是很像姊妹淘。对话常常是：

小瓷，我这行吗？

行。

什么话?！岂止是行，还有比这更好的吗？

没有了。

哈哈哈哈。

二舅病的那年，我上小学五年级，根本不知道病是什么，只知道二舅病了，得在医院住着。在小城还不行，还得去兰州。后来在兰州还不行，还得去北京。再后来又回到了兰州。有一天，我正在上课，小姨来学校，直接到我班里，把我从座位上拉走，去了兰州医院，看二舅。一路上都没话。我一进病房里就惊呆了。这哪是我的二舅啊，皮包骨头。他原来是多强壮的一个人哪。眼前的他，很瘦很瘦，躺在床上，白被单下面是平的，找不着身体架子。

可我没哭。只知道吃惊，不知道哭。不明白这是什么时刻。那时候的我，就是个小傻子。

看见我进来，二舅没说话，后来我才知道，他是没力气说话了。他指着床头柜上的鸡蛋糕，示意我吃。我真是傻啊，就去吃。一个鸡蛋糕没吃完，小姨把我带了出去。带出去后，上到了天台，小姨放声大哭。

那时候，我才想到，以后可能再也见不到二舅了。才开始哭起来。也就是那个瞬间，我脑子里跳出了“死”这个字。我还从来没有经历过亲人死亡的事，从没意识到，人活在世界上，都是要死的，无论是谁。那是刻骨铭心的第一次。

不久，二舅就死了。我作为他女儿给他送葬。飘飘洒洒地撒纸钱，往他的棺材上。

没了二舅，家里很久都没有了笑声。我每次出门，都要朝左右看看。我也不知道为什么要朝左右看看，似乎是在看二舅是不是有一天会回来。我和小姨以前常常打打闹闹的，二舅死了以后，我们俩也安静了许多。

电水壶嗡嗡轻响，烩菜在炖锅里咕嘟咕嘟地冒着小泡，瓦库16号包间里，此刻也很安静。

4. 回到郑州

我回到郑州时，该上初三了。

在家门口，我妈都不认识我了。真的。那时候，我平均两年回去一次。恰好那两年是我发育特别快的时候，个子高了许多，俗话说，抽条了。一抽条，脸形也有点儿变了，圆脸变成了长脸。我是和姥爷一起来的，我步子急，在前头，姥爷落几步。到我家楼下时，我妈在单元门口站着，我路过她身边，看了她一眼，她也看了我一眼，还唠叨了一句：是谁家丫头呀。我没搭腔。接着她看见姥爷，喊了一声爸，才想到我可能是她闺女。就是这样，母女相见不相识，有意思吧？

那种场景，当然是有意思的。只是，这意思似乎复杂了一些。

都没认出对方来，这也算扯平了。我笑道。

这怎么好扯平呢？她是妈呀。妈怎么能认不出孩子呢？当时我的心里，可有些难受了。我妈也挺不好意思的，上赶着跟我说话。我刚回到郑州的那一两年，我爸妈都是上赶着跟我说话的。十来年没在身边，他们肯定是觉得亏欠我，总是尽可能地弥补我，好吃好穿都先紧着我。我要什么，他们通常也都不拒绝。这让我哥我妹都很眼红，羡慕嫉妒恨。我是初二暑假回的郑州，在家里住了一个暑假，待到后来，我妹实在忍不住了，就说，你咋在俺家待这么久啊，你咋还不走啊。

哈哈哈哈哈哈。

算起来，我都没怎么在家里住过。初三一年，高中，还有大学——我大学也是在郑州上的——都是住校。除非是周末和寒暑假，我不在家待着。那时候在家里待着的感觉，怎么说呢？就是有点儿别扭。明明一起吃饭，一起看电视，像一家人一样，可我心里就是有一块东西隔着。他们对我可能也是一样。爸妈对哥妹想怎么数落就怎么数落，想怎么使唤就怎么使唤，对我却总是客客气气的。这使得我像一个亲戚。我能感觉得到，比如吃饭的时候，我总是先吃完先离开，等我一回到房间，就听见饭桌上热闹起来了，他们的话明显多了，说说这，说说那。可我在的时候，就是安安静静的，空气都像是冻着的。

毕竟是生脚踏生地，有各种不适应。比如新学校，我刚住校的时候，舍友们没有一个人愿意搭理我。倒不是因为我是插班生，而是她们觉得我矫情。我到宿舍第一天，就告诉她们，这是我的盆，我的水杯，我的毛巾，你们都不要用啊。你知道吗？那时候，我用的盆是四个，一个洗脸，一个洗脚，一个洗屁股，一个洗衣服。还随身一直携带两个指甲刀，一个剪手指甲，一个剪脚指甲，专甲专用，分得清清的。这都是我姥姥教给我的，是生活习惯的延续。可这些在她们的眼里，就很格格不入，很矫情。她们后来告诉我，你那架势，显摆的就你是一个城里人，别人都是土包子似的。看你八百个不顺！

哈哈哈哈哈。

在外面无论有什么难处，回家我都不说。其实爸妈他们也老是问，可我就是不说。我有时候给甘肃那边打电话，跟姥姥说，跟小姨说，任凭她们费劲巴力地把话再传回给我妈，就是不直接跟我妈说。爸妈的心意我当然知道，尤其是我妈的，可我就是犟着，熬自己，也熬他们。

越琢磨，我越觉得这句话有意思——孩子是母亲身上掉下的一块肉。是肉，却也是掉下的一块肉，这块肉已然掉下，就意味和母体的分离。这世上有无数母亲都想把这块肉再摁回到自己身上，可是，真的摁不回去了。何况小瓷和她的母亲之间，还有如此漫长的隔断。

高一那年冬天，我平生第一次遇险。那是周末放学以后，我骑着自行车回家。路上行人不多，三三两两。走着走着，我发现后面有个自行车，我快他也快，我慢他也慢，总是跟我保持一段距离。我觉得有点儿不妙，就加快了速度。他也快了。到底没跑过他。在一段人特别少的路上，他追上了我，把我逼到路边，把我别倒了。这时候，周边没有人，一个人都没有。他把车子一扎，一步步朝我靠近。我忽然灵机一动，朝着他身后喊，哥，你来啦！他一扭脸，我就在那一瞬间，把自行车扶起来，骑上车就跑。他应该是没想到这一出，有点儿愣，再追来的时候，就跟我错出了几十米。我从容了一些，脑子转得可快，怕他跟到家，就骑到离家不远的一个单位门口，不走了。我在传达室那里站着，传达室的大叔跟我爸认识，我在那儿，一边跟大叔寒暄，一边远远地盯着那个人。他到底没敢跟过来，站了好一会儿，走了。我又等了一会儿，确认他走了，才回到家。到家里，才发现自己一身汗。我哥问我咋啦，我一说，他拎起一根钢筋棍就往外跑，去追。当然，没追上，他说，要让我追上，我弄死他！我看着我哥的脸，恍惚间好像看到了二舅的影子。对于郑州的家，第一次有了点儿家的真切感觉。

对了，我还有一次遇险，是在大四的下半学期，快毕业了，初春时分。大家都忙着找工作。我去粮食学院附近找朋友玩儿，出来后碰到一个很久不见的高中同学，男生，就聊了一会儿。我们是在粮食学院旁边的金水河那里，金水河那时候还很臭呢。在河边的树底下，我们俩扶着各自的自行车，说着以后的工作方向。我记得很清楚，那天晚上，还有大月亮。我们正聊着，一个手电筒照了过来，照在我的脸上，一个很恶的声音呵斥说：找的就是你！

我一听就蒙了。我说，你认错人了吧。那人说，没错，就是你！我找了这么多天，可找到你了。跟我走！他是一副治安的口气，我呢，莫名其妙就成了个犯事儿的。他又对那个男生说，你赶快滚蛋！那个男生早就傻了，看看我，看看那人，在那里犹豫不定。那人就说，你杵在这儿，等着一块挨揍呢吧。那个男生，你猜怎么着？居然真的就走了，把我一个人撇在了那里。

也太渣了吧？我忍不住骂了句粗话。

是很渣。

后来，你们又见过没？

见过。在同学聚会上。

他没个说法？

他有点儿尴尬。我倒是很平静。这事儿，我起初也很气愤，后来想通了，你跟人家就是一般同学嘛，他可以往前站，也可以往后退。要是人家不愿意冒着风险救你，你也没权利谴责人家。想通了，这事儿就过去了。我没不理他，也没很理他。但对他肯定是减分的，没有对于一般同学的感情了。后来，又见面的时候，他自己主动解释了那件事，他说他去找警察了，不过没找到。他担心了好几天，打听到我平安无事，才踏实下来。

你怎么反应的？

我拉长了声音，说：哦——

哈哈哈哈。

总不能感谢他吧？也不想戳破他虚伪的理由。他憋出个理由也不易，是吧？

哈哈哈哈。

他走之后，我对着那个人，努力镇静着，说你真的认错了，我是个大学生。你再仔细看看我，是不是认错了……我嘴里申辩着，心里可明白，这一定是个坏人，得抓住时机逃命。只剩下我一个人，还在可怜巴巴地求他，他肯定是胜券在握了，他任我说着，一手抓着我的自行车把，一手就去点烟，一副悠闲样子。我一看他去点烟，就知道机会来了。也不知道哪里来的力气，我一把夺过自行车骑了上去，一路狂奔，一口气蹿到嵩山路上。嵩山路上路灯很亮。我在嵩山路的路灯下，站住，回头去看他。他还在后面跑着，追我。本来他正这么跑着呢，看我挑衅地看着他，一下子也站住了。我用气势告诉他，你敢过来吗？他就那么站了一会儿，扭头就走了。他走后，我靠在一个单位的大门外墙上，浑身没了力气，几乎要瘫软了。

还是很怕的，是吧？

当然怕啊。怎么能不怕呢？怕得发抖，只是不能让对手看出来而已。我这个人啊，就是事后怕。当事的时候是不怕的，顾不上怕。我还有一次极限逃生，是在谈恋爱的时候。那次恋爱，差点儿把自己谈死。

是初恋吗？

不是初恋，是二恋——不过，我初恋也差点儿把自己谈死。

5. 表白者们

吃过了饭，开始喝茶。我们点了正山小种。服务员送上来水和茶，我上手去泡。人到中年之后，我逐渐爱上了喝茶。一壶一壶泡，一杯一杯喝，喝着喝着，心就静了下来。各种滋味，尽在其中。有多少事，不到年龄是不能体会的啊。

在泡茶的时候，我们沉默了一会儿。小瓷的神情很沉静。这种沉静，也是到了一定年龄之后才能拥有的，是岁月给予的底气。这种氛围里，一句不知道在哪里读到的话浮现了出来：“不要剥夺我的年龄，它是我挣来的。”

听到我问“少女时代是不是经常会被人表白”，小瓷低头闻了一闻杯里的热茶，微微一笑，摇了摇头。

三次，算不算多？

第一次是高中时候。有一个男生，高二高三时我们一个班，前后桌。长得有点儿像小虎队的那个吴奇隆。他学习不好，老是抄我的卷子。会考结束后，他就到工厂上班去了。有天晚上，我正上夜自习，班里有个男生喊我出去，说有人在操场等我，说点儿事。我就去了。操场没灯，可黑，我就在那里等着，可是半天也没等到人。我就喊，谁找我？他从黑暗里走出来，说，是我。我可惊诧，说你咋来了？他说，这也是我的母校，我咋不能来呢。找我啥事？你有男朋友没？我愣了，不知道该咋说。说啊，有就是有，没有就是没有。实话实说，有啥难的。要是有呢？他笑了一声，笑得特别轻，然后口气微微一沉，说：要是有，那就不好了。没有。那做我女朋友吧，我喜欢你。我飞快地想了想，说，不行。我语气很温柔。力量悬殊嘛，万一惹恼了他，我吃亏嘛。我跟他解释，说，你看，会考完了，马上就是高考，正是紧要关头，我忙着呢，现在不适合说这事，等我考完了再说。他沉默了一会儿，说，你说得有道理，我不打搅你了，你专心学习，知道有这么个事就行了。说完转身就走了。

我想着，这就算先稳住了他。还不错。谁知道，他表白完了就觉得自己有权力了似的，只要是周末，就来送我回家。我特别不想让他知道我家在哪儿。他说，放心，我就只送送你，别的啥也不做，你别有思想负担。你想，就看在我常抄你卷子的分上，送送你也该嘛。

我就只好任他送了，一直到高考结束。可笑的是，我当时还以为这事儿特别秘密，只有我俩知道。其实早在对我表白之前，也就是我还什么都不知道的时候，他都已经通过各种方式昭告天下了。我们那一茬同学，几乎人人都知道他对我有意思。毕业这么多年来，高中同学一聚会，只要我一出现，同学们都会朝我问他。只要他一出现，也都会朝他问我。

要是你们一起出现呢？

他们就瞎起哄。

哈哈哈哈。

看来人民群众一直默认你们俩还是有特殊关系的。

是啊。哈哈哈哈哈哈。

我收到大学录取通知书后，就给他写了一封信。信里说，我好好上学，你好好工作。等我毕业了，如果你还是对我有感觉，那就到时候再说吧。他没有回信。直到我大学开学后，他到学校找到了我，他手插在裤兜里，特别高冷的样子，说，我知道了，你看不上我。因为我没有考上大学。强扭的瓜不甜，我放手。你安心上你的学吧，祝你学业有成！

虽然很强势，却也算明白事理，还挺可爱的。

是啊。也很出乎我意料。

你们现在还有联系吗？

有啊。上大学时，我们通过一些信。慢慢地，没人写信了，基本上电话联系，手机联系。这么些年，我们一直都保持着联系。无论我换多少次手机号，他都能找到我。我从来都没有把他给甩掉过。每次再找到我，他都会说，为啥换号也不吭气？我说，那就别找我了呗。他说，那不行。同学三年，一辈子都是同学。我想了想，他也对。是我小气了。

他现在是个成功的商人，做生意很厉害，很有钱，对家庭也很负责任。可宠媳妇儿，好多年前，他给媳妇儿买化妆品就都是雅诗兰黛、迪奥和兰蔻，反正啥贵买啥。一说起媳妇儿就是“不是别人，是亲媳妇儿嘛”的口气。去年，他给媳妇儿买生日礼物，还让我给个参考意见呢。

对你是不是也很有分寸？

很有分寸。他最宝贵的一点，就是非常有界限感。对我，他再没有说过任何越过同学尺度的话。

上大学的时候也有两个人跟我表白过。一个是军训时的教官。我们总共四个教官，我属于二教官的小队，他是福建人。都说我们俩长得像兄妹。他对我也可好，人也好玩。那种胡福灰飞不分的口音，你知道的，本身就很好玩。我整天和他在一起说笑，就是一个开心而已，直到军训结束，也没觉出有别的什么。他那时人在高炮学院。军训结束后，他就回去了。有一天，他来找我们玩，走的时候，点名要我送他，说和我说点儿事。天可黑，我把他送到学校门口，道了再见。说完再见，他给我塞了一卷东西就溜了。我回去一看，是一卷钱。整钱零钞都有，总共有几百块。为啥给我钱啊？我可纳闷了。第二天，他的信就到了。可长。一个中心意思，就是说喜欢我，说我美，说一直想着我，忘不掉我什么什么的，还抄有席慕蓉的诗。

我很意外。缓过神儿来，就琢磨这事儿该怎么办。最后决定，把话说明白，最主要的是得把钱退回去。钱我需要，也喜欢，但得分是什么钱。他的钱绝对不能要。我甚至觉得他在拿钱侮辱我。现在才觉得，他给钱的这种行为，也算是他表达心意的方式。可当时我就又羞又恼。见到他后，我把钱塞回给他，干脆朗利地说，我不喜欢你，也不想谈恋爱。我只把你当个朋友。你要是不改变态度，就连朋友也没得做。就这么三下五除二，把他解决了。

他当着我的面，哭了。可能他也觉得不好意思，扭着脸儿去擦泪。现在想想，他那时候也没多大，还是挺让人心疼的。可那时候，我一点儿也不心疼，还觉得他哭唧唧的，有点儿滑稽。宣告完了，我心里很轻松，唱着歌儿就走了。

哈哈哈哈。

还有一次表白，来自我大学的班主任。确切地说，他不是表白，而是骚扰。那时候他有二十五六岁？不过已经成家了，有孩子了。他对我一直很好，比对别的同学要好，这我也有感觉。不过我可单纯，觉得这是我老师，也觉得有师娘，不会有啥问题。

然后就是放了一个什么小假，学校里人可少。我要好的同学们都不在学校，他叫我去他家，毫无防备地，我就去了。冬天，可冷。他家可暖和。他让我把外套脱了，我也就脱了。然后我们就聊，聊啊聊啊，全都是些闲话。聊了一会儿，他让我喝水，吃瓜子什么的，我也喝了，也吃了。又过了一会儿，他就越来越靠近我，当他的手往我肩膀上一放，我一激灵，突然觉得这不对了。当时我就翻了脸，扇了他两个耳光。我说，你是我老师，你这样对我很不应该，很不好。我明天就可以到校长那里告你。他还想上来抱我，我随手抓了个什么东西——可能是茶杯——砸了他一下，就跑了。

告校长了吗？

没有。一是嫌丢人。二是我本能地知道，告他对我也没好处。再就是，告他就毁了他。他不仅是他，还有他的家呢。

第二天，他就找了个机会，跟我道歉。他的态度可真诚了。当然，他必须真诚真诚再真诚。他说喜欢我，太喜欢我，就是表达方式错了。我说，你就不该表达！他说，是是是，不该表达。

反正我说什么，他就认什么。

我原谅了他。也只能原谅他。那是我能做出的最好选择了。你说是不是?

6. 教　父

我和初恋，我的第一个男朋友，是我大三的时候，在一个偶然的场合认识的。他是我大学同学的姐姐的公司的上级领导。就是一个饭局，我同学被她姐姐叫上了，我又和同学在一起办个什么事，就一起去了，算是个蹭饭的。

那时候你多大?

二十一。他三十五。

典型的大叔对萝莉嘛。

那时候还不流行什么大叔萝莉的说法呢，我认为他充其量就是个大哥哥吧。见过那次面后，我都把他忘了。直到两年后，我毕了业，刚找到工作，他七拐八拐地找到了我的电话，联系上了我。我对他毫无印象，他说咱们见过，再见面你就知道了。见面后，他跟我回忆了第一次见面的情形，说在哪儿吃的饭，我穿的什么衣服，说的什么话……描述得特别细致入微。他用各种词汇夸我，说我气质独特举止优雅什么的，问我对现在的工作满意不满意，要是不满意，他可以给我介绍工作。还说他看人很准，觉得我和一般女孩子不一样，格局大，将来能够做出一番属于自己的事业，最起码也会有自己的公司，所以应该早早地对自己的职业有个规划……这些话很对我的心思。总之，他很稳重，很体贴，很像个大哥哥。想着他真的就是看我是个人才，想给我做点儿职业规划。

你没想到他想规划的是你这个人。

是啊，哈哈哈哈。

我对当时的工作很满意，没有麻烦他再介绍。这么重逢了之后，他就常来找我，什么买了适合我看的书啦，有人送了他音乐会的票让我陪他听啦，等等等等，反正就是有各种借口见面吃饭喝茶聊天。也会给我买衣服什么的。我一推辞，他就说，你不是我小妹妹嘛，给小妹妹买点儿啥不应该吗？你也可以给我买嘛。我想了想，也对，就接受了。逛街的时候看到合适他的东西也给他买，作为回报。这一来二去的，交往就更多了。

是不是也对他慢慢有了好感？

应该是的。只是自己还糊涂着。那时候的状态，就是暧昧。这么暧昧了有大半年吧，有一天，我们又吃饭，正聊得开心呢，他漫不经心地说，过两天我爸爸想去你家。我问什么事？他说提亲。我蒙了，重复说，提亲？他说，对。你不愿意吗？我说，没想过。他说，那你想一想呗。我说，我们都没有开始谈恋爱呢。他说，那就先开始谈恋爱呗。

他真懂啊。

是啊，他真懂。他说，我从来没有遇到过让我心动的人，直到遇到了你。他说，我知道自己年龄比你大太多，很不配，可我实在不想错过，所以请你给我一个机会，我会好好对你，努力让自己的爱来给年龄差加分。要是实在不合适，那也没关系，咱们就还回到原位。

哈，怎么可能回到原位呢？但是如若不这么说，就不能有效地打消对方的犹疑。最是套路得人心，果然啊。

就这么自自然然地，我们开始谈恋爱了。在我当时的见识里，他对我的好，简直是无所不能。比如，他问我，吃过杨梅没有？我说没有。他立马就会让江南的朋友早上摘下，送到飞机上，晚上我就能吃到。那种杨梅特别酸甜鲜美，肉厚汁多，咬一口都不见核的。

现在还喜欢吃杨梅吗？

早就不吃了。吃伤了。

吃伤了。这是一句标准的河南话，意思是，因曾对某种食物享用过度而最终对其失去了胃口。

除了男朋友，他还有好多种身份。是十级保姆。他给我做蛋饺，做鱼，做虾。来例假的那几天，更是要特别定制。也是服饰顾问。本来我就只讲究花色，小女孩么。他说这可不行。应该买什么品牌，什么做工，什么款式，什么面料。我必须按照他的要求穿。我的发型，他也管。要是事先没跟他报备就去剪头发，他肯定会生气，问我为什么不跟他商量。我说，头发是我的，他说，不，是我们的。

就像那个老笑话里说的那样，胡子也是我们的！

哈哈哈哈哈。

再比如，我要拔智齿，他就要求我必须去北京。他没时间去，就给我买好了火车票，给我找好了医生，那时还没有动车，也没有高铁，不能当天往返，他就让人给我订好酒店，安排好一日三餐。我嫌麻烦，不想跑，他很坚决地说，必须去。别人去哪儿拔牙我管不着，你是我的人，你拔牙，必须去北京！

完全是霸道总裁的风格呀。

按现在的说法是霸道总裁。那时候，我觉得他就是我的教父。小女孩子，哪里扛得住这个呢。我很快就沦陷了，什么都听他的。我本来一直在外面租房住的，就搬到了他那里，住在了一起。等到开始谈婚论嫁后，我才带着他去见了爸妈。我爸妈见过后，坚决反对。我爸说，他不会给你幸福。他比你大那么多，到底都经历了些什么，你真知道吗？我说我当然知道。他爱我，我也爱他，我们必须结婚。我妈要崩溃了，就跟电视剧里演得那样对我吼：你要是跟他结婚，就别认我们！我说，不认就不认！我还说了更狠的话，说，你们本来就不爱我，要不就不会在我那么小的时候把我送到甘肃去。他对我，比你们对我好，好一千倍，好一万倍！

我爸目瞪口呆，我妈号啕大哭。还是我爸先冷静下来，他说，好，你去吧，去跟他在一起吧，希望你不后悔。我扭头就走。出了门，我也哭了。可我还是走了。我后悔自己说了狠话，可我不能回去低头。

你可真够任性的。

是啊。可是，在父母面前不任性在谁面前任性？我不信他们会不认我。

显然，小瓷是在欺负自己的父母。之所以欺负，是因为欺负得起——他们爱她。想起一句老话：天下无不是的父母——父母的一切都正确，对应的是另一句老话：天下无赢儿女的爹娘——所有的父母对孩子都没有办法。

我就这么义无反顾地决定了，要跟他一起走到底。因为父母不同意，我们把结婚的事暂时搁置了下来。那时候，我对他可以说是死心塌地。那时候的我，没有脑子，因为不用脑子，被养废了。我知道的是：他爱我，这有问题吗？没有啊。他对我很好，这有问题吗？没有啊。他做的一切都是为了爱我，为了我好，这有问题吗？没有啊。那我还想什么呢？

最值得庆幸的是，那时候，我还在工作。我还没有放弃工作。他提出过让我辞职，我就问他，你当初不是说我能做出自己的一番事业吗？我不是该有自己的职业规划吗？他就没话说了。

哈哈哈哈。

工作让我愉快，不是因为薪水。跟他在一起，我根本不缺钱。

那时候我也不知道为什么工作让我愉快，尽管也累，但确实心甘情愿。每次一到公司，一坐到工位上，明明公司的规矩也很多，可我就觉得放飞了自我，有了一种自由感。

客观地说，我从他这里也真的学会了很多。比如碰到大一点儿的事，他会要求我把方案流程什么的先给他审阅，我就乖乖地给他审阅，他会说，哪些环节有什么什么问题，想一想应该怎么改。我就改。我需要经常向公司领导汇报工作，每次汇报前，也都要先跟他演示一遍。不见面的时候就在电话里，把汇报的具体内容一五一十地说给他听。他会说，来，把语言再组织一下。真的，他经常让我组织语言，一遍一遍地让我组织语言，每一遍都有这样那样的毛病。直到我必须马上去汇报了，他才会勉为其难地说，就这吧。

小瓷将杯里的茶水一饮而尽。叹了一口气。

我到现在还有个下意识的习惯，就是打腹稿、组织语言。有时候，我在心里反复组织好几遍才能醒过神儿来，就在心里骂自己：组织个屁！

哈哈哈哈。

那时候，我的世界除了工作就是他，以为很了解他了，后来才知道对他所知甚少。比如他的朋友我都不熟，也没兴趣认识。他也不主动带我认识。有年龄差，职业也不同，我以为这是理所应当的。只有一次，唯一的一次，他带我去朋友家做客，就出了状况。

那一次，吃过晚饭，男人和男人聊，女人和女人聊。他朋友妻子跟我感叹人和人的缘分啊什么的，说他跟他前妻就是过不到一起，有孩子也不能凑合之类的，我的脑子当时就轰的一下——他一直跟我说他没有结过婚的！可我没作声，继续套她的话。她看着我的脸色，问，你不知道啊？我说，知道一点儿，可这不是他开心的事，所以我也从不敢多问。你就多跟我讲点儿吧，这也是为了我们好，以后我可以注意点儿。

她没了心理负担，就放开了跟我讲，他前妻什么性格，他孩子几岁了……那是夏天，我穿着个吊带裙，却浑身冰凉，心里跟猫抓似的。我的意识分出了又一个我，冷冷地看着坐在那儿跟主妇聊天的我，真是笑容甜美、青春靓丽。可是，她要疯了。这个一直被蒙在鼓里的女人，真他妈的可怜啊。

我们是微笑着跟他的朋友夫妇告别的，我一点儿都没有失礼。出门后，我就开始哭。我的泪水再也没有停。我就只是哭，无声地哭。他开始没注意，还抓住我的手，说怎么这么凉啊。还摸摸我的额头，说不会是要感冒了吧？一直走到楼下，有路灯照着，他才看见我满脸的泪。

是的。人有时候是不能控制自己的。眼泪控制不住，我也有过这样的时刻。

他问我，你怎么了？我说，你说吧。他马上就明白了，就开始说。等他说完了，我问他，你为什么不早点儿告诉我？他说，要是早点儿告诉你，我们还能在一起吗？

他说得有道理。他总是有道理。那我的道理又该怎么讲呢？可能就是从那以后，我们两个的摩擦就多了起来，我没有那么乖了。这个事情破坏了我对他的基本信任，让我总是想怀疑他。这是有摧毁性的。他要说东，我一定想西。有一次，又吵了起来，之后，我们长谈了一次。所谓的长谈，主要就是他长篇大论地教育我，主题就是：他骗我是因为爱我，所以是小错误。而我死揪着不放，这是大问题。结论就是：我们这一路走来，确实不容易。都有缺点，应该彼此包容。都爱着对方，应该彼此珍惜。呃，那就珍惜吧。

是真的想珍惜，还是，因为别的？

小瓷深深地看了我一眼。

是想珍惜，也是因为别的。那时候，不知不觉地，我已经失去了自信，变得越来越妥协和卑微，只是我不愿意面对而已。我抓住了“珍惜”这个词，是因为这更容易自欺欺人。

珍惜，妥协，卑微，是的，很多时候，这些情绪混杂在一起，难以分辨。尤其是当你不想分辨的时候，就会把其中让自己最舒服的那个词挑出来用。但是，怎么可能一样呢？妥协和卑微意味的可能是对强力的退让，对失去的恐慌，对自我的否定，而珍惜意味的却是得到的充实和喜悦。

想想，这是否和她童年被送到甘肃有关系？尽管姥姥一家都很爱她，可在她的意识深处，也许还是会残留着些许对被遗弃的畏惧感，这会成为埋下的种子，适时发芽。

我们之间恢复了平静。但我心里其实还是过不去这个坎儿，解不开这个疙瘩。特别痛苦。还只能自己痛苦，不能跟他说。因为我很清楚跟他说了之后，他会有什么话在等着我。不是说好要“珍惜”吗？我开始有意识地改变自己，想要变成一个他理想中的贤妻，再然后，成为良母。

他的状态慢慢也发生了变化，可能是觉得隐藏的婚史过了明路，也可能是觉得我被他彻底收入了囊中，他越来越放松，越来越无所顾忌，对我也越来越霸道，指教得越来越厉害，越来越具体。就连做家务，他都挑我毛病。比如，我每次收拾房间，他都觉得我收拾得不好，收拾得不好怎么办？他先批评我。说你有什么用处啊？别的不行，这还能不行吗？然后他就让我恢复原位。我也就恢复原位，在他指挥下，再收拾一遍，希望能让他满意。可他就是不满意，还变本加厉地不满意。有一次打扫完卫生，好像是书房，他又是很不满意，批评完了，还让我回归原位，可是东西很多啊，我回归不了原位啊。他就又开始指责我，说着说着，居然开始说我爸妈。说你爸妈怎么养的你？怎么养出你这么一个废物？

那一刻，我觉得，够了，不能忍了。脚旁边有一个暖水瓶，我一脚就把暖水瓶踢了过去，朝他。也是那时候我才知道，原来暖水瓶会爆炸，爆炸起来跟雪花似的满天飞，亮晶晶的。还怪好看的。

哈哈哈哈。

我满眼怒火，咬牙切齿地看着他。沉默了很长时间后，我骂了一句脏话，然后我说，咱俩的事咱俩解决。以后你再提我爸妈，我杀了你。

你在他面前从来没有这样过吧？

从来没有。第一次。那一会儿，我觉得我可能是二舅附体。

哈哈哈哈。

可能是被我这蛮劲儿吓住了，他跟我道了歉。这事儿就这么过去了。我又开始继续努力，还特意买了烹调的书，学做菜。有一天，觉得自己手艺可以了，就做了一桌子菜，叫他回来吃晚饭。他在外面应酬了一个饭局才回来，有点儿酒气。那我也很高兴。我说我做得很用心，请他品鉴。他坐下，尝了第一口，就把筷子摔了。冷冷地问我：你今年多大了？我傻不拉儿地回答，二十七了。

哈哈哈哈哈哈哈。

真的，我就是这么回答的，我说，二十七了。他更气了。就又开始骂我。那时候，他骂我应该都成习惯了，骂我可能会让他有快感。我就看着他的嘴唇一张一合，一张一合。说实话，听得都有些麻木了。但是，突然，他又提到了我爸妈，这是我最不想听到的敏感词儿啊，就是点燃导火线一样的词儿啊。我瞬间爆了，炸了。我一把掀翻了餐桌，一字一句地告诉他：这是第一顿，也是最后一顿。今后，我再也不会为你做饭。你不可能再吃到我做的一根菜！然后，我走进厨房，拿了把刀出来，又说：我警告过你，再提我爸妈，我杀了你。今天，我再警告你最后一次！然后，我把刀砍向餐桌。可是，兴许是我力道太小，也兴许是餐桌他妈的太结实，我居然没砍进去。

哈哈哈哈哈。

那刀蹦了两下，落到了地板上。就这也把他整个儿吓傻了。他捡起了刀，声音特别温柔，说你干啥呀你。我喝多了，不知道自己胡说了啥，你别当真啊。

那一刻，有没有想杀他？

没有。真没有。可不知道为什么，我就是想拿把刀出来，就是想砍点儿什么。

——也许，是想杀掉她自己。杀掉处于这种状态的自己。

这之后，我开始冷静地想以后。和他在一起四年了，感情却似乎走到了穷途末路。仅存的理智提醒着我，该分手了。虽然也无法想象离开他后该怎么办，可还是先分手再说吧，走着说着。我想了几天后，就鼓起勇气跟他提了分手。他很不屑，说，你以为你是谁啊？你一直不知道你是谁。我告诉你，离开我，你吃屎都赶不上热的。你就是仗着年轻。你以为你还年轻吗？来来来，你去照照镜子，去照照。我就真的去照了镜子，去看自己的脸。

你知道那是一张什么脸吗?

我看着她，等着她的答案。最准确的答案，只能出自当事人自己。

是一张失败脸。

小瓷喝了一口茶。

他跟到镜子前，说，你以为你还十八九呢?你可不年轻了。我挣扎着说，你比我老多了。他说，男人和女人可不一样。他的口气很自得，说男人的年龄可以打折扣来算，四十能当三十用。女人呢，三十差不多等于三十五，三十五等于四十，四十就干脆混同于五十了……他这套说辞不知道从哪里来的，明明很混账，我却不知道该怎么反驳。

这套说辞一直很盛行。虽然很混账，却也确实有一种坚实的存在感。在现下的中国婚姻市场上，女人的年龄确实特别容易贬值。生活中，很多男人会在年龄问题上持有优越感。他们会觉得与自己同龄的女人老，甚至会觉得比自己年轻得不够多的女人也老，却不觉得自己老。更可悲的是，很多女人也会不自觉地表示认同。

我想起美国作家梅·萨腾《独居日记》里的一段话，她说，一位女邻居告诉她，自己遇上了一次小车祸，这个事件要上报纸，她居然设法说服了报社把她的年龄写成三十九岁。梅·萨腾感慨道:“她这样做是出于一种担忧——害怕假若人们知道了她的年龄后她将不再具有‘魅力’。但如果一个人想要得到一种成熟稳重的关系，他会在他的同龄人中去寻找。我难以想象和一个比自己年轻得多的人相爱，我把爱情看作情感教育。关于爱，从年轻人那里我学不到什么。”

——爱情是情感教育，且是互相的情感教育。可是，生活中有多少人会这么想呢？这位“教父”倒像是在教育，不过他只是想要去教育别人。

他说：想离开我？我告诉你，再给你十年。你闯荡去吧，你看看谁会像我一样对你，谁会要你。我告诉你，你最大的成就，就是找了我！

他滔滔不绝地斥责着我，贬损着我。我完全无语。似乎是个好学生，在全神贯注地听课。在他面前，我好像也只能听课。我从来就说不过他。他口才太好了。我每次见他都打腹稿，对，就是组织语言，拼命组织，想要多抵抗几句。可是不行。总是一两个回合就败下阵来，有时候还不战自败。

那次分手算是惨败，一败涂地的惨败。这时候的我，极度脆弱，极度迷茫。我要疯了，不，肯定是疯了。要不是疯了，怎么会想到去死呢？我那时就觉得“百无一用是小瓷”，我这样一个累赘，一个废人，只能死了才不会成为任何人的负担，才会保留最后一点儿尊严。

第二天，等他上班后，我去买了安眠药，那天，我给妹妹打了个电话，本来想让她照顾好爸妈，却犹豫着，没有说出口。闲聊了两句，就挂了。然后，我出门打车，让司机把我送到金水河边。预先给足了司机车费，就呆呆地从车玻璃往外看着街景，看道路两边的店铺，好吃的东西不好吃了，好看的衣服不好看了，好玩的东西也不好玩了。什么都没意义。每个人好像都那么幸福，只有我不是。

后来我就什么都不知道了。等我醒来，就在医院里，已经两天了。妹妹正在旁边。看我醒来，先是笑，后是哭，哭得很凶。说你吓死我了。你怎么这么傻啊。你真傻啊。以后的路宽着呢，多宽啊。

妹妹说，她听那天的出租司机讲，我上车后，眼神就一直发愣，然后就慢慢儿慢慢儿地倒在后座上睡着了。他把我送到了金水河边，怎么叫也叫不醒。他就觉得这不对啊，就把我原路送回到了上车的地方，这时候我的手机响了，是我妹妹打来的。她也觉得不对，就来找我，正好碰到司机把我送回来。妹妹狂喊：去医院，救我姐姐！去医院，救我姐姐！

妹妹说，我没跟咱爸咱妈说，你放心。

我很平静。一点儿都不难过。我忽然觉得，都过去了。总算是过去了。等我能正常行走的时候，我就先在外面洗了一个澡，然后回到他的房子里，把我的东西收拾好，把钥匙放在茶几上，离开了。我知道，这才是放下了，真正放下了。不再较劲。不再和他较劲，不再和自己较劲，不再和这段千疮百孔的感情较劲。

我回家向父母道歉，给他们跪下，说，爸，妈，我错了。你们别跟我一般见识。我哭，他们也哭。

是不是哭着抱成了一团？

没有没有。各哭各的。你以为演电影呢？各自哭完了，我妈就去做饭了，还说：闺女回家了，可得吃点儿好的！

哈哈哈哈。

他没有轻易罢休。消停了一段时间后，开始找我。他说你怎么那么糊涂呢？怎么那么不懂事呢？怎么那么不相信我呢？他说你还是回来吧，我的新娘就是你啊——他觉得让我当他的新娘，这是一种恩赐。我呸！

哈哈哈哈哈哈哈。

我说，你找别人当新娘吧。我的新郎不会是你。过几天，他还来，又是一番说辞。再过几天，再来一遍。就这么着，他断断续续地求复合，找了我一年。我也斩钉截铁地拒绝了一年，他才死心。

好像去了一趟鬼门关。从他这里爬出来后——他真的像个坑，我是得用"爬"字——我变得跟以前不一样了，好像强大了。这就是置之死地而后生吧。面子什么的，我再也不顾及了。我决定，从那以后，我要为自己的心而活。

你恨他吗?

不恨。他爱我时确实爱我，确实也给了我很多。情是情，理是理，一码是一码。现在过去了那么久，更应该去摘清楚看了。就像有个段子说，倒洗澡水的时候，可不能把澡盆里的婴儿也倒掉。先把孩子抱出来再倒嘛。

哈哈哈哈哈。

他这样的性格也是相当极端了。有什么来由吗?

我也是好几年之后才听他一个朋友说的，说他爸妈管教孩子很严厉，他年龄最小，上面的哥哥姐姐都很优秀，相比而言，他在各方面的表现都是最差的，所以他压力很大，从小就很自卑。成人后，他只有极度讲究，才能表现得自信。也只有对别人极度苛刻，让别人自卑，他才能获得自信。

还真是一个有病的人啊。

7. 警　察

正山小种的茶色已经淡了。我说，咱们再换一道茶吧？小瓷说，先喝一会儿白水吧，清清舌尖。白水也好喝呢。

是啊，白水也好喝。人这一辈子，喝的最多的还是这白水，这最平淡最基础也是最需要的白水，这过日子一样的白水。

几杯白水之后，小瓷点了一款福鼎白茶里的“荒野牡丹”，这款茶也是我喜欢的，滋味好，名头更好。我尤爱牡丹前面的这个定语:“荒野”。

和“教父”完全结束后，我一门心思地投入到工作里，也接二连三地升职加薪，这让我工作得更疯狂，进步得也更快。这是什么循环？该算是良性循环吧？起码让我可以有效地治疗情伤。我由衷地开始热爱工作，工作它诚不欺我啊。

这样一过就是两三年，我眼看就三十岁了。这期间也有人给我介绍对象，我也相了好多次亲，有我看不上的，也有我觉得还行，但人家看不上我。至于什么原因，起初我也不知道。我能想到的就是，自己已经年近三十，太大了，太老了。介绍人也觉得纳闷，转弯抹角去打听，得到了一个大致统一的说法，很含蓄，说“我是奔着结婚去的，那女孩只适合恋爱”。这就奇了。难道我不是奔着结婚去的吗？后来我才明白了，他们是觉得我长得——也不能说太好看了，而是，怎么说，太惹眼，太有攻击性，娶回家太不安全了。总之，是个尤物，降不住。

这理由，也是够扯的。我就断了相亲的念头。相什么亲嘛，简直就是自取其辱嘛，大不了单身一辈子呗。拒绝了很多回相亲后，我妈看出了苗头，到处发动熟人给我介绍对象，也逼我去相亲，说我不去就是不孝。在她的逼迫下，我就又相了最后一次亲，认识了那个警察。

我们俩年龄一般大，他身上也有些功夫，会散打，也会拳击，这有点儿像我二舅，可能也是这点儿，让我对他有了些好感。他长得也蛮清爽的，一笑就有两个酒窝，很可爱。见过几次后，他表现得非常喜欢我，有时候简直到了过分的地步。比如，我俩打车，我问司机一个问题，司机回答后，他觉得司机态度敷衍，就想打司机。我们去参加朋友饭店的开业典礼，他觉得朋友对我不够热情，照顾得不够周到，就想拉着我半途离席。我觉得这根本无所谓啊，朋友的活动，我们是去捧场的，不是去添乱的，要人家照顾什么？可他不这么想。他就觉得我受了委屈，就想要替我打抱不平。

但他对我也真是很好。只要一发工资，就要请我吃饭。想吃啥就吃啥，只要吃得起。吃饭时，他一定会筷子不停地给我搛菜。他也常带我逛街，只要看到谁穿了什么好看的衣裳，就也一定要给我买。反正，只要他有一百块，就会给我花一百块。从不心疼钱，虽然没有多少钱。

他对她好的这些，和“教父”曾经的做法颇有些异曲同工。区别仅在于，一个有钱，排场就大些，一个没钱，排场就小些。也许小瓷自己都没有意识到，她是在重蹈覆辙。无数女人都和她一样，希望能从男人那里得到这些好，这也无可厚非。可是这种需求越强烈，就越容易有问题。究其根本，就是因为把男人给予的情感份额看得越重，自我就越虚弱。

想起自己多年前的一篇文章，题目为《让自己有光》，里面有这么一段鸡汤味儿很浓的话：“生之路漫漫，有阳光明媚，也有风雨如晦。如果仅仅依靠命运赐予的外界之光，那黯淡寒冷的时刻一定会很多。若能得到外界的光亮温暖照拂，这很好。但更好的准备也许是：让自己有光。如果你不仅能发光，且发光发得很稳定，这就最好。只要有了自备的光源，无论是工作事业、情感世界还是日常生活，你就都会有源源不绝的能量源，你的小宇宙也就会越来越圆满和强大。”

然而，想要有光，何其难啊。

当然，他也有这样那样的问题，可我也不完美啊。那时，我就想，跟这样一个人过一辈子，应该也行吧。——也行，这话说得有点儿勉强，是吧？对，我就是没那么爱他。刚刚倾其所有爱过一次，我对他，爱不起来。爱是有浓度的。我刚刚有过高浓度的爱，对他的爱，浓度高不了，是兑水的。

他的问题是？

他是单亲家庭。父亲去世得早，母子相依为命长大的。他特别维护他妈。

这种家庭，确实也很容易有这样的问题。

慢慢地，他又暴露出了一些别的。比如，他对我有点儿暴力倾向。有一次，他和朋友们吃饭，要我去，我去了。他还要我陪着去唱歌，我拒绝了。我晚上还和朋友们约有别的事，何况我也不喜欢唱歌。他当着他的朋友们说了几次，我都拒绝了。他有点儿烦，我也很反感——不那么爱，就不会那么有耐心。拒绝到最后一次，我就告辞出来了。他也跟了出来，我以为他只是在送我，没想到他把我送到饭店门口，又拉住我说，再问你一次，去不去唱歌？我没理他，他就抓住我，往外一摔，我摔到了地上，膝盖都磕破了。

回去后我就提了分手。他急了，让做媒的两口子过来说情，也几次找我道歉，说以后一定尊重我什么的，要死要活剖肝沥胆，挺诚恳的样子。我就动摇了，纠结着，说那就再处处看吧。不久，就又发生了一件事。那时是春节期间，我去了一趟甘肃，去看姥姥。回来后，是大年初五还是初六，我带了一些特产，去看他妈妈。路上碰到一个好朋友，就和朋友一起去他家拜年。拜了年，说了一会儿话，我和朋友就走了。他妈妈也没让晚饭，本来我们也没打算吃，但是她没让，我就有点儿不开心。过了一段时间，说到这事，我吐槽了两句，他马上很严肃地指着我的鼻子说：你听着，我妈把我带大，很不容易。我妈对也是对，错也是对。从今往后，一辈子，你不能说我妈半个不字！

我很意外。但我马上说，我知道了。对不起。他以为我跟他道了歉，这事儿就过去了，没怎么在意。其实我已经下了决定，必须分手了。

这就是男人蠢的地方。他不知道，女人对你格外通情达理的时候，已经把你当外人了。

过了两天，他又约我吃饭，我没去，在电话里跟他说，分手吧。他很茫然，不知道为什么，我告诉他，经过这一段时间相处，我觉得咱们俩不合适，很不合适。不如就此一别两宽，各自心安。

可他显然不宽，也不安，更不让我安。那两天，他把我的手机都快打爆了，后来我就不再接他的电话，上下班也很警惕地躲着他。有一天中午，他来我的住处找我，我正在睡懒觉，被敲门声叫醒，本能地知道是他，没有开门。他打电话，我接了。他问，在哪儿呢？我说在外面呢，朋友聚会，走不开。他说，那我等你。我说，你非要见我吗？他说，非要见。我说，好吧，我想办法早点儿脱身，一个小时后在某某咖啡馆见吧。支开他之后，我立马收拾东西，去了我妹妹家——我妹妹和她男朋友住的地方。我们俩腻在一起看韩剧时，他又打来了电话，我说，朋友们不放我，我真走不开。我们真没必要见了，分手吧。就把电话挂了。

你没有想过要跟他再好好沟通一下么？

没有。我觉得和有些人在某些事上经历过一次就足够了，没有再沟通的价值。

同意。对了，你是什么星座？

天蝎。

我也是。

哈哈哈哈哈哈。

我在妹妹那里住了几天，他好几天没再联系我，我以为这事完了。可是，有一天上午，我回到住处去拿衣服，赫然看到他在门口等我。准确地说，是在蹲守我。他是警察啊，善于蹲守嘛。看见我，他就笑了。还是那两个小酒窝，但我觉得不可爱了，有点儿可怕。

他贴着我的后背，让我开门。我也只好开门。进屋后，他就用脚把门一踢，惊天动地地响了一声。进屋后，他从后面抱着我，问，你这么想跟我分手，是找好下家了吧？我说，没有。他说，说实话！我说，这就是实话！他挟持着我，把我推到卧室的床上，开始掐我的脖子。他的腕上越来越使力，掐得我满眼泪水。我想，今天可能要死到他手里了。不能这样，不能。我得救自己。

可我说不出话来。只能用泪水和眼神恳求他。不知道过了多久，他终于放开了我。喘过气后，我就开始说好听话。我说我不是真的想分手，我年龄也不小了，碰上你不容易，何况你这么爱我，我怎么会不珍惜？我提分手，是开玩笑的，是耍小性子，我不知道你这么认真，以后我再也不这样了。我爱你，我当然爱你。你要是不相信，我马上就回家拿户口本，咱们去领结婚证……总之，我把这一辈子的好听话都说完了。就差跪下了。

如果他要你跪，你会跪吗？

会啊，当然会。活着高于一切。我凭什么就这么死在他手里呢？我姥姥说过，好马不吃回头草，好汉不吃眼前亏。对吧？

当然对。

听我说着好听话，他只是看着我，一言不发，似乎是在辨认我是不是在骗他。听我说完后，他去厨房拿了一把刀——那一瞬间，我就想起自己拿着刀对着“教父”的情形，现在，轮到别人拿着刀对我了，一报还一报啊。

他拿着刀，看着我，说，你真会跟我结婚吗？我说，当然是真的。今后，你说怎么样就怎么样。只要你相信我。他就长长地出了一口气。我趁机把刀拿过来，放回到厨房一个隐蔽的地方。他在沙发上坐着，开始抽烟，明显是放松了。这期间，我脑子里无时无刻不在想，怎么逃，怎么逃——还是要感谢香烟。看到他在抽烟，我就知道机会来了。他抽完了一支烟，又点了另一支。就在这个当口，我以迅雷不及掩耳盗铃儿响叮当仁不让之势跑下楼。他是警察啊，反应也很快。一瞬间就跟了上来。我不知道自己是怎么跑下四楼的，只知道到一楼的时候，他跟上了我，抓下我一大绺头发。

正是中午。院子里的人川流不息，我知道自己安全了，就抱着一棵树，开始对他喊：你在找死，你在找死！我还跟一个面熟的阿姨说，阿姨，快报警，这个人要杀我！他要杀我！

他惊呆了。开始求我，让我上楼。我当然不去。围观的人越来越多，他也打了电话，给做媒的那两口子，让他们来劝我。他们来了之后，我才放开那棵树。

报警了吗？

报了。最后还是当成情侣纠纷处理的，没当成刑事案件。否则他的工作就会丢掉，他一辈子可能就完了。毕竟相处了一场，还是有恻隐之心的。再说，只要有一点儿余地，我也不想把路走绝。但是，那把刀我留了下来。刀上有他的指纹。我对他说，你留下了充足的证据，我随时可以告你，但我不告你，这是我对你最后的仁义。你好好想想吧。此后，他再也不找我了。

你很戏精啊。

对，我可以很真，心都可以挖出来给你。也可以很假，完全像个演员。可以很感性，一三五不论。也可以很理智，二四六分明。我软的时候，像我姥姥，硬的时候，像我二舅。戏精的时候……肯定是像我小姨。

哈哈哈哈哈。

8. 神孩儿

和警察分手后，我妈大骂了我一顿，说，你到底想怎样啊？我也顶撞了我妈，说，你看看这种人能行吗？算了吧。以后我再也不相亲了。你要当我面儿说，我扭头就走。你要电话里说，我立马挂电话。

我妈彻底蔫了。她逼着我去相亲，结果认识了这样的人，她实在是没话说了。我在她老人家面前，就又掌握了话语权，又气壮了起来。她无数次想提这茬，都看着我的脸色，说：唉，我说，小瓷啊，你……你吃饭了没？

哈哈哈哈。

逢年过节，家里来了亲戚，也会问，我就耍赖。他们说，妞啊，该成家了呀。我说，我有家呀。这不是我家？他们说，该嫁了。你多大了都？我说，十八，永远十八。

哈哈哈哈。

就这么着，又晃荡了三四年，我还是一个人。事业倒是真有了起色，开了家小公司，一年能赚几十万，日子过得挺滋润的。有一次，朋友聚会，为的是一朋友移民到加拿大了，大家送一送的意思。那个朋友跟我说，你也可以办移民啊，干吗一辈子待在这一个地方呢。我想，也是，我也可以去国外经历经历嘛，反正是一个人。若是一个人，能落个清静也罢了，在这么个熟地方，谁碰见谁问你的婚姻大事，挺烦的。那就走呗，出去呗。我就开始打听办移民的事，还报了个培训班，准备考雅思，还天天背单词。

跟我老公，就是这个时候开始了。他比我小七岁，在一个事业单位工作，是个小中层。其实以前就认识，也是朋友拉朋友的饭局，吃过两三次饭。那时候我跟警察还在谈，他也有女朋友。然后就是那天，逛商场的时候碰见了。互相问，你结婚了吧？分手了。你呢？我也分手了。就一起吃了个饭，我说羡慕他。他问为什么，我说你是个男的呀，一辈子不结婚也没什么压力，女人到底不行，会有压力，所以我想出去。他问我的英语，我说正在每天背单词，应该还是有希望能过雅思的。他笃定地说，你考不过。为什么？不能说点儿好听的吗？因为你说，应该还是有希望——没有必胜的信心，怎么能过呢？绝对过不了。

哈哈哈哈。

对他有想法了没？姐弟恋。

没有任何想法。姐弟恋现在挺流行的，可那是十几年前呢。还有，大那么多的男人都靠不住，还能指望这小男孩？而且，我那时一心二心地要出去了，真没想法。

在那之后，他就隔三岔五地来找我，叫我吃饭，和我一起玩。他叫我，我就去。因为我们俩聊得挺痛快的，我什么都跟他讲，跟他说对爱情对婚姻的失望甚至绝望，反正也跟他没有任何可能嘛，就当个小朋友嘛。那时候，我从没在他面前把自己当女人一样展示，可以说，在心底里就没把他当男人。

不过，聊着聊着，他就不正经起来，开始逗我。比如他说，反正咱们都是一个人，就凑一起过日子吧什么的。这让我有些烦了。有一次吃饭时他又对我说，真的，我觉得你雅思肯定考不过，就别费这个劲儿了。要不，咱们俩谈吧，我把你这棵白菜给拱了得了。

他是一副开玩笑的样子，让我非常恼火。我说，我把你当小兄弟，你以后不要开这种玩笑，不要哪壶不开提哪壶。要是再这样，绝交，友尽。他也严肃起来，说，我不是开玩笑。是真的喜欢你。这让我很意外。我没搭理他，起身就走了。

好像每次有男人说喜欢你，你都很意外。

是啊。我不知道自己哪点儿吸引了他们。

你不觉得自己美吗？

不觉得，真的。我家里美人多。姥姥，我妈，小姨，妹妹，都很美。都是同款的大眼睛，小嘴巴，小酒窝，还有白皮肤。她们总是笑话我，说我黑，黑得跟泥鳅似的。你看，我的牙齿也不怎么整齐。在甘肃的时候，我小姨教导我说，你可不要随便笑啊，一笑你那大门牙露出来，那可够意思了，都能锄地了。我妈常说：好歹你还有个高个子，要是没这个头儿，那可真是愁人呢。

所以，最起码，在我家里，我是美人鄙视链的最底层，从不敢觉得自己有多美。在少女时期，也基本没有那种自己是美女的意识。和男人接触，就很少去琢磨人家是不是喜欢自己什么的，从不轻易地认为谁会喜欢上我。成人之后，经历了这么多事之后，我才知道，如果说美的话，我的美不是那种普遍的传统的大众美，而是很小众的一种美，有点儿个性，只能够吸引某些特定的人。怎么说呢，就像是某种水果，喜欢的人就喜欢得不行，不喜欢的人呢，连味儿都不能闻。

哈哈哈哈哈。

他好几天没出现，后来我就收到了他的信，是一封长信。信里说，他自高中开始，所有的大事就都是自己深思熟虑决定的。

对我，也是。绝不是一拍脑袋兴之所至。他会为自己的选择负责，为自己选择的人负责。他说，他有很多面，是我不了解的，还把自己的人生履历简单跟我写了一下。他说，更多的细节，我应该了解，了解之后，再对他去考量。他说，你认识我，绝对不会后悔。信写得非常好，传达出来的信息非常诚挚认真，非常值得信任，和生活中的他截然不同。

我考虑了一下，就和他约见了一面，很正式地谈了我们之间的可能性。我说，我比你大那么多，对这个问题我很在意。他说，我认为，年龄不是问题。我都无所谓，你干吗那么在意呢？我说，我过不了自己这一关，想到以后连吃饭都得让着你……他说，我不需要你让。在我们之间，我是男人，你是女人。结婚后，你是我老婆，我是你老公，仅此而已。我说，那你爸妈呢？能接受这样的年龄差距吗？他说，这是我要解决的问题，交给我就好。末了，他还逗我说，小瓷啊，我心理的年龄差极限是十二岁，你还有五岁的余地呢。

哈哈哈哈哈哈哈。

那次谈话之后，他让我去他老家看看，见见他的家人，了解一下他从小生活的环境。我就去了他豫西老家。一去就被他震住了。一到他家镇上，就有熟人说，哎呀神孩儿回来了。到了村上，见到的人都亲热地打招呼，还是那句，哎呀神孩儿回来了。还说我，哎呀这是神孩儿媳妇不是？他说是。我说，你咋有个这小名儿，他挺酷地解释说，因为他从小就是个学霸，目前为止，也是他们镇上唯一在北京上过大学的人。在郑州，这样的学霸自然不少，可是在那样的小地方，他就成为一个传奇。甚至有孕妇生孩子，预产期和他生日错不了几天的，就会特意挑那天剖宫产，想图个彩头。

他家家境很普通，当然我也不介意。我们在他老家住了一晚，晚上，族里的长辈们来家里开会，居然是他主持会议。这很让我意外。他完全不是我平常印象里嘻嘻哈哈的小屁孩的样子啊，很有权威，长子长孙的样儿很足，一派当家做主的范儿。后来，他告诉我，自从他成人之后，族里的长辈们商量大事，都会让他参加，还让他做重点发言，主持会议是再自然不过的事。

那个会，女人们都不参加的。会开完了，他跟我说，我跟他们说了，明年春天可能就会结婚。我抗议说，你还没跟我商量呢。他说，这不就在跟你商量吗？所以我说“可能”，没说“一定”啊。我嗔怪着他，心里却甜甜的，很受用。

那两天，还有一件事很奇妙，就是没有人问我的年龄。没有一个人问。直到今天，我们结婚都十年多了，也从没有一个人问起过。这个话题，在他家，在他们族里，好像都是个禁区。

一定是他发话的，不准说。

我想也是。

这个听着好爽啊。哈哈哈哈。

你以前的事，他都知道吗？

跟他简单讲过。他不让我讲，是我一定要讲的。我说，如果不讲，我过不去。他说，那就讲吧，讲完以后就不要再讲了。过去了就是过去了，我只关心我们的现在和未来。

从老家回来，我们就开始正式谈恋爱。他对我也很好，却也不是多宠着多惯着。他很有自己的原则。比如吃饭，一定不是挑那种门面特豪华特宰人的，而是说，你喜欢吃什么，咱们去吃什么。只选对的，不选贵的。如果对的是贵的，那咱不吝惜钱，如果对的是便宜的，那咱也不嫌丢面子。如今不是都说初心这个词么？那时候，他就总跟我说，要问自己的初心。

我也问过他，爱我什么？他说，这个问题我只回答一次：我爱你是你。

我笑。这真是标准答案。

我们处了不到半年，就决定结婚了。我跟我妈说的那天，特别搞笑。本来我还有些犹豫的，想了想，犹豫啥呀。心一横，就说了。我说，妈，我要结婚了，我妈在餐桌那里择菜，没反应。我说，妈，我要结婚了呀。她还是没反应。我走到她脸前头，大了声说，妈，我要结婚了呀。我妈把手里的菜往筐里一丢，说，我又没聋，想结就结呗。我说，这次是真的呀。我妈说，那就真结呗。我爸问，什么样的人啊？一听说比我小七岁，我妈嗷地一嗓子，大叫一声说，我的妞啊，你咋这样，不找个爹就找个儿?!

哈哈哈哈哈哈哈哈。

我的妞呀，咱就不能正常点儿吗?!

哈哈哈哈哈哈哈哈。

我说，就是他了。没办法。

我爸沉默了一会儿，说，约个时间，先见见吧。见见再说。他说这话的时候，是满脸勉强。我妈也是满脸担忧。那时候，我真是又难过又羞愧。想着在终身大事这个问题上，自己该是一个多么不省心的女儿，才会使得他们有这种神情啊。

当然，一见面，他们就觉得很好了。他们对神孩儿非常满意，非常放心。再见一面呢，就更满意，更放心。多见几面之后，简直就是满意得不行，放心得不行了。到公婆过来送彩礼那天，婆婆拿着一个装钱的大信封递过来，我爸一把推了回去，说，心意有了就行了。我这不懂事的闺女到了你们家，你们把她当自己孩子一样就行了。我也把他当自己孩子。这是两个好孩子，孩子们好就行了。我的眼泪当时就下来了。

那时候，你妹妹结婚了吗?

没有。我妹妹早就有男朋友了，可她就是不结婚，她说要等我。她怕她结了我不结，我面子上不好看。其实我不在乎，可她在乎。她觉得不结婚就是跟我在并肩战斗，她不能撇下姐姐当叛徒。我上半年结婚，她下半年就结婚了。

真是个好妹妹。

是啊。有这样的妹妹，是我的福气。

之前的两段感情都没有成功抵达婚姻，这次有没有一点儿忐忑？

怎么会没有呢？多少有一些的。结婚前夕，我跟我妈长聊了一次，我妈说，眼下就只管向前走。等到了要孩子的时候，再好好想想。你猜我妈让我想什么？她说，你要想好是不是将来有能力独自把孩子养大。也就是说，如果你婚姻失败，你能不能承受独自养孩子的这个结果。如果能，你再要。如果不能，就别要。

妈妈很厉害。

对，妈妈很厉害。她就是在告诉我，你对这个婚姻，心里要有个最低的底线。妈妈这话让我想了很多次，也延伸出来想了很多。对于老公这个人，我想，有他，更好，没有他，我也能过好。爱情，就是个锦上添花的事。我自己是锦，爱情是花。很多女人把这个事搞错了，以为男人是锦，自己是花。结果抽走了锦，花就成了流水落花，这是不行的。

也就是说，我们要把自己当成锦。

不是当成锦，而是我们就是锦。

好励志啊。哈哈哈哈。

9. 我们，我

这大概是款货真价实的“荒野牡丹”，喝到口中细细品来，有着很淡的青味，些许涩感很快就会化开。泡了足有七八道，茶汤还是那么明黄通透，毫香还是那么鲜爽馥郁，从甘甜、清甜、净甜到醇甜，它的甜也还是那么层次丰满。

真是好茶。我几乎可以断定，即使再泡上七八道，它依然会衍生出迷人滋味。

我们俩，真是合拍。就说旅行，从来都是临时决定。比如，明天放假，今天晚上我们商量说，去哪儿哪儿玩吧，明天就开车上路，说走就走，走哪儿算哪儿。说去看海就去看海，说去看沙漠就去看沙漠。有孩子后，别人都是一个唱红脸一个唱黑脸，我们俩是一起唱红脸一起唱黑脸，绝对是混合双打型。

在和我之前，也有很多人给他介绍对象，他都拒绝了。有的还是高官的女儿。我跟他说，你要是找了谁谁谁，就能走捷径了。他说，我要走捷径早就走了。但有的事不能走捷径。我要找什么样的女人过一辈子，这就是不能走捷径的事。

他很少对我甜言蜜语，却喜欢在别人面前撒我们的糖。他单位所有的同事都知道我，就是因为他常把我挂在嘴上。看见谁背个包，就说我媳妇儿也有这么一个包。谁说买香水，就说我媳妇儿用什么什么香水。聚餐时点菜，会说我媳妇喜欢吃什么什么菜。哪怕去歌厅唱个歌，也会说这个歌是献给我媳妇儿的。反正“我媳妇儿”就是他的口头禅。

我不会做饭，有人跟他开玩笑，说，你媳妇儿中看不中用啊。

他怼人家说，我媳妇儿中用不中用我说了算。我认为最重要的地方她中用，这才是真正的中用。做饭算什么！我问他，最重要的地方中用，这个话怎么解？他说，这还不明白？咱俩过日子过得快乐开心，这就是最重要的地方，这就是你的中用。

有一次聊天时，我半开玩笑地问他，如果我想成为他最理想的好媳妇儿，应该朝哪个方向努力。他指着我的心口，淡淡地说：朝你自己的心努力就行了。做好你自己就行了。一个好的自己里头，肯定包含着好媳妇儿这一项。

说得真好，真不愧是神孩儿。

跟你说一个笑话。我的小公司，业务一直做得很不错，员工不多，我和他们关系都挺好的。有一次，一个员工对我说，您有个缺点您知道吗？我一听，来劲了，赶忙说，你说。只要有道理我就改。结果她说，您的精神气儿太足，太骄傲，这会让客户们没有牛逼感。我乐了，说，这我可改不了。抱歉啊。

哈哈哈哈哈哈。

总之吧——我觉得，自己能活成现在这个样子，还是很感恩的。命运对我真是很厚爱的。就像我们家神孩儿说的，越靠后的爱，就是越厚的爱。

小瓷说这话的语调有些调皮。此时，西斜的阳光透过百叶窗，正落到小瓷的脸上。光斑在她的两颊跳跃着，她的皮肤显得更加饱满弹润。看起来真健康啊，这个气血充沛的女人。所经历的一切暗黑好像都没有沉淀为她生命里的毒素，或者说，她把毒排得十分干净，这让她非但没有往深渊坠落，反而养出了如玉容颜。

忽然觉得，她经历的这一切，还真是恰如其名。这瓷虽然被锤碎过，却又被一片片锔了起来，且锔得如此强韧，坚实，美。那些锔瓷的花钉呢？只能是爱啊：爱自己，爱生活，爱一切所爱，以及，被所爱而爱。

四十三年简史

1. 学　业

那时候，村里没有幼儿园。从两三岁起，她就跟着母亲上学，比谁都早。母亲是村小的民办教师，村小能有什么大规矩呢？母亲上课，把她放在讲台的一边，让她自己玩。教室是用青砖铺的地，倒也干净。可实在是没什么可玩的，她一边听着啊哦呃一边用小手抠着砖缝里的蚂蚁，把蚂蚁抠出来，再用一丁点儿土把它埋住。蚂蚁挣扎着，从土里爬出来，她再把它埋住。有的蚂蚁爬着爬着就爬到了门口，她也不知不觉就爬到了门口，被母亲一把拽回来，给她一根粉笔，让她胡乱画。一会儿工夫，她的手上脸上都是白。

第一节课后的小课间，母亲抱着她去办公室，她掀着她的衣襟，要吃奶。弟弟还不到一岁，母亲的乳汁正丰沛。第二节大课间要做广播体操，休息时间长，母亲是要小跑着回家给弟弟喂奶的。这个时候，乳房正鼓胀地酝酿着，格外诱人。母亲不给，她就哭。母亲甩开她，她追着母亲跑，边哭边喊："吃奶！吃奶！奶！奶——"

过了几年，她成了母亲正式的学生，开始有点儿害怕母亲，因为母亲总要拿她做靶子来批评教育其他孩子。好在也不过就是一年，这样的日子很快过去了。母亲是完小毕业，按她的文化水平，只能教一年级。于是她教的永远都是一年级。可她教得还真好，每次全乡统考都是第一名，雷打不动，稳如泰山。

初中是在镇上读的。老师整天苦口婆心地说着"学习改变命运"，可谁听得进呢？虽然有道理。世上道理万千条，任它风中自飘摇。哪一条都听都做，岂不是疯子。大多数学生读得懒懒散散，她也一样。因为母亲的缘故，又公认她聪明，老师们便按照惯例偏着她，对她格外关注，上课提问得很勤，作业改得也格外严格，可这些都没用，她有一搭没一搭地随着大流，让成绩保持在中等，偶尔使一把劲儿，到中上等。从村子到镇上四里路，二十分钟。每天中午回家吃饭，再去上学。这一天两趟里，很需要有个伴儿。同村另有个女孩子，每次考试都是班里第一年级前三，同学们都叫她"标杆"。村里人都穷，"标杆"家格外穷。这或许就是她特别努力学习的缘故？有个故事全村人都知道。有一次，"标杆"的右邻家改善生活，做了油炸糖三角，那家的小儿子捏着一个糖三角出了门，正好碰到了"标杆"的母亲。她说：来，让大娘尝一点儿，尝尝香不香。小儿子就把糖三角递了过去让大娘尝。香是香的，两家人却为此起了口角，打了一架。多少年后，小儿子已经长成了一个矮壮的中年男人，他说这辈子都不会忘了那个糖三角："她说她尝一点儿，可是总共仨角，她就给我撕走了俩。"

这是分地之前的事。分地之后，谁家还缺这口呢？"标杆"的父亲早年在大炼钢铁的时候受了严重的腰伤，只有母亲是壮劳力，几乎就是住在地里，疯了一样地干活儿。"标杆"是长女，总是得忙完家务才能上学。她就等着"标杆"。别无选择，她和"标杆"只能是对方的伴儿。她们在学校没话，因为在路上都聊完了。多半是"标杆"说，她听。窄窄的黄土路上，"标杆"最喜欢跟她说将来，将来要到什么地方，读什么大学，做什么工作，说得两眼放光两腮发红。问她，她说没有。"标杆"就笑，她也笑。真的没有。没有就是没有，编不出来的。日子那么漫长，想那么远干吗呢，多累啊。她更愿意做的事情是玩。爬树掏鸟窝，进河里捉鱼，掐路边田里的时令蔬菜：黄瓜，西红柿，茄子，长豆角，就着井水一冲，放在嘴里就咬起来。仔细品去，这些蔬菜生吃都有一种甜甜的后味儿，黄瓜是清甜，西红柿是酸甜，茄子是涩甜，长豆角是腥甜……多年之后，她第一次喝到了鲜牛奶，惊奇地发现，生蔬菜们除了甜味，还有一种味儿，就是鲜奶味儿。

就这样到了初三，班主任是个毒舌的人，上学期期中考试成绩出来，他突然甩着成绩单，点着她的名儿说：就你这成绩，还好意思跟人家“标杆”一起上下学啊。所谓人没脸树没皮百法难治，你这就是呀。哄堂大笑中，她涨红了脸，决定努力。当然不是为了什么改变命运，而是为了争口气，把毒舌打给她的脸再打回去。她找齐了初一初二的课本，也不问老师，只是自己看。发了疯地来回通读，往细深处琢磨，再就是背书，做题。就这么努力到了中考，居然考了全乡第一全县第五，成绩远远超过了“标杆”，何止一雪前耻，简直接近于光宗耀祖。父亲感叹说，如果是个男孩，一定要带她去祖坟上烧香磕头。

接下来就是报志愿。父母彻夜研究，决定让她报时下最火爆的省财税学校。是中考生们挤破头的小中专，县里每年才录取四五个，一录取就意味着跳出了农门，三年学满就是城市户口，工作包分配，且定是好工作。财，税，听听这两个字，哪一个都有银币落在铁碗里的悦耳回音。她原本有些犹豫是不是去读高中，看着父母欢天喜地的样子，又听说上这种学校没压力，胡乱打发日子就能毕业，便没有违拗。

“标杆”报考的是县一中。大约是因为她的成绩突然大爆发压了“标杆”的风头，“标杆”很久没有来找她。听说她报的是财税学校，才尽释前嫌。两人天天碰头，估摸着录取通知书到来的日子，承诺着以后分隔两地要经常写信，“标杆”还很大方地激励她，让她不要放弃考大学，中专毕业也可以考大学的，只要她努力，三年以后她们还可以同学……一天中午，天气酷热。她突然听到大街上传来凄厉的号叫。“标杆”的母亲在棉花田里打农药的时候，得了暴疾，口吐白沫，四肢抽搐。送到乡里的卫生院时，已经死了。她茫然地问母亲，为什么这么热的天还要在地里打农药，母亲洗着碗，头也不抬地说:“越是这时候，药就越灵。”

她跟着母亲去吊唁，“标杆”跪在灵前焚纸，主事人喊:“孝子谢客!”“标杆”给她们磕头，她把“标杆”拉起来，不知道该说什么。看着她的满面泪水，觉得格外陌生。

一周之后，通知书到了，她的财税学校和“标杆”的县一中，都有。她送到“标杆”家里，“标杆”正坐在院里榆树下的水池边洗衣裳，榆树叶子在她们头顶上哗哗作响。“标杆”没有接通知书，她说她上不了了。她要是不留在家，后娘就得进门，那她的弟弟妹妹就得受大苦。

“那，这个?”她抖着那张录取通知书。玫红色的纸，不知怎么就显得很寒酸。

“标杆”用下巴指了指厢房的窗台，说:“放那儿吧。”

走出“标杆”家大门不远，她听见了急促的脚步声。回头，“标杆”的妹妹提着一袋子东西追上来，塞给她。里面都是糖三角，每一个都炸得鼓鼓的。

2. 零　食

财税学校在豫东北的一个地级市，离家有两百来里。临走前，父母说路费很贵，还是少回来。她应道："嗯。"

回想起来，那个城市真是小啊，就那么几条街，就那么一点儿人。可是那时候的她也小，所以这个小城就显得很大。她先是在吃上长了点儿见识。学校门口常年有人摆着个小摊，卖红薯丸子。除了学费和正常的食宿杂费，她每个月的零花钱是六块。学校旁边的小饭店，一碗素汤面是五毛。红薯丸子一毛钱一个，很贵了。她第一次吃到嘴里，简直诧异极了，这是红薯做的么？难以置信。此后她就不时地买来吃，在六块钱的额度里，她拨出了一块钱，每个月买一次，每次买十个。每次吃时都忍不住笑，仿佛吃到了难以言说的甜美秘密。她还第一次吃到了五香葵花子，也很诧异。其实之前也吃过瓜子，是南瓜子。老南瓜或者切成块熬粥，或者切成丝儿清炒，瓤里的瓜子儿挖出来洗净，晒干了就是南瓜子儿，奢侈点儿的做法是油盐焙干，吃了就更有滋味。这是她记忆里最早的零食，也是她认为的最本分的零食——主菜的剩余价值当作零食，这样的定位才最是恰如其分。所以啊，怎么会有葵花子这样纯粹的零食呢？怎么会有这样专为零食而存在的零食呢？太奇怪了。可也真好吃。这瓜子要便宜得多，两毛钱的量能嗑半天。她不停地嗑啊，嗑啊，直嗑得脸上长痘嘴上长泡，牙齿上也有了微小的豁口。

还见识了一些类似于零食的事，诗社、朗诵社、书法社什么的，她和同学们兴致一来报了名，只参加过一两次就退了出去。这些东西，虚头巴脑的，有什么用呢。倒是通讯社的活动她坚持了下来，因为听班主任语重心长地教导过，新闻写得好，一定会有用。说不定将来能当记者呢。记者是无冕之王，走南闯北吃香喝辣，到哪里都有人当菩萨敬呢。

学校有多少新闻可写？无非是谁在食堂捡到了餐票，谁在操场捡到了钱，谁背着打球受伤的同学去上课，学生病了老师嘘寒问暖关怀备至，等等。有趣的新闻都上不了校报，多半发生在舞蹈社、音乐社和美术社。入社的学生被统称为艺术生。这些学生都自视甚高，很有些放荡不羁的艺术范儿，学校对他们也格外宽容溺爱，所以动不动就出新闻，什么音乐社那个声音特别像邓丽君的女生想办个独唱音乐会啦，舞蹈社的社花和音乐社的两个男生三角恋啦，美术社有人用丙烯画围巾偷偷卖钱啦，反正口口相传的野史最是斑斓，谁都可以按照自己的意思去发挥，去想象，去添油加醋添枝加叶，让一棵树生机勃勃地茁壮起来。只是没办法去正大光明地宣讲，也不能有什么版权，有点儿遗憾。

她也有了朦朦胧胧的初恋，是比她高两级的学长，在美术社。在他们社的男生里排行老五，人称五哥。他们是在餐厅打饭的时候认识的。两个队列，他们并排。到了窗口，同时领饭交票，她的妥当了，他却在那里迟滞着，摸遍浑身上下的口袋，找不着票。后面的人紧催着，他前后看看，都没有熟人。她替他交了票，端着饭离开了。接下来两天，她有些闹肚子，都是同学帮她带饭。到了第三天，他在餐厅门口等到了她。他没有还她餐票，给她画了一张速写，说："要是再碰不到你，我就要把它贴到餐厅门口了。"

艺术生行情紧俏，内部消化都还不足，自然很少出口。因此一旦和普通生有点儿状况，对普通生来说差不多就算是一种小小的荣耀。其实两个人连手都没拉过，也没有用语言确认过什么。他只是来找她，经常来找。她临窗坐。晚自习课，他敲敲她的窗玻璃，她就出来和他聊天。当她走出教室的时候，能感觉得到后背上起起落落的眼珠子。她很享受这个时刻。星期天没有课，他们常常在教室里待着，也没有什么话。他在她日常练习用的财务账簿上炫耀式地填色，用一支铅笔。淡黄色的纸底，青绿色的细线，他平心静气地，一格一格地，把它们填满，从纯白一直填到纯黑。他很专业地告诉她，色彩学里把色彩分为两种，无彩色和有彩色。白黑灰就是无彩色，没有温度，不分冷暖，可以与其他颜色百搭。她问金色和银色呢，属于哪一种？他想了想，说应该也是无彩色吧。

也不过是同校了一年，他毕了业，分配到老家乡里的财政所，很失意，经常给她写信，她也经常回信。最后一封信，他说他受不了了，要辞职去南方，那里会有不一样的人生。而在这不一样的人生设计里，她没有看到他给自己预留的位置，百味杂陈。回信写得很艰难，她撕了写，写了撕，打了好多次草稿，估摸他已经启程了才终于罢手。从此就失去了联系。

第三年上学期，家里出了一件大事。父亲去世了。在她的意识里，父亲并不多么重要，除了睡觉就只是吃饭、干活儿，干活儿、吃饭，闲暇的时候躺在竹摇椅上听豫剧，连句能让她记住的响亮点儿的话都没有。这样的人，似乎噩运也应该把他忽略，让他就这么平平常常地活着。可是他突然就病了，肺癌。家里人一直瞒着她，期待着她放寒假时父亲还在。打电话总是不太方便，再说还花路费。

即将期末考试，她正在唰唰唰地做题，突然手一麻，她想天太冷了吧。搓搓手，正要继续，老师进来了，以从未有过的温柔眼神看着她，说:“电话。”

父亲的葬礼举办完后，她回到学校参加考试。母亲信了耶稣，奶奶信了佛。父亲是独子。

3. 高　处

按照最一般的分配模式，她也回到了老家乡里的税务所。刚报完到，来了意外。镇党委书记动了念头，打听新分配来的毕业生有没有能写材料的，她在校报发的那些豆腐块短讯居然入了他的法眼，被直接抽调到了镇政府办公室。这消息很快传遍了全村，母亲给她做了全套的新被褥，她一个人不好带，街坊邻居三四个人都骑着自行车陪着，把她送到了镇政府的宿舍。村里人跟她母亲说起话来，最顺口的一句话就是："这可好了，咱们朝廷也算有人了。"

她很快就知道，在这"朝廷"里，自己就是个打杂的小宫女。各种各样的汇报、通知、总结、请示、讲话稿，笔下的每个字都带着公章的气息。后来，理所当然地，她又接了新闻报道的活儿。不过是一个小小的乡镇，有多少新闻可写呢？且必须得是正面的。但发稿任务毫不留情：县、市、省、中央各级媒体都有发表定额，一季度一考核，步履维艰。除非一级级的主要领导光临——县领导来，新闻能上县报；市领导来，新闻能上市报——否则自由投稿几乎没有任何被采用的可能。她最巴望也最厌恶的就是上级媒体来这里下乡，只要他们一下乡，无论写点儿什么，只要在他们的名字之后加上"通讯员某某某"，阿弥陀佛，这就算是她的成绩了。于是每有上级媒体下乡，她都和领导一起好吃好喝好伺候，使劲儿巴结，是女的就夸气质夸才华夸美色，是男的就夸智慧夸胸襟夸胆识，然后静等着发表量大大快进。

这时，原本还有些体面的小宫女堕落成只差通房的小丫鬟。拎包、照相、催菜、结账，所有鞍前马后的事儿都是她的。除了偶尔有个把人故作谦和，基本上都是明火执仗地颐指气使。其实高手不多，大多数都是庸庸碌碌地混饭吃。但凡头扬得格外高的人水平通常格外差，说的话也格外容易掉到地上。看着那些话在地上滚来滚去，她只是袖手旁观，绝不弯腰去替他们拾捡。面上春水无痕，心里却有着习惯的知趣，也怀着小小的恶毒，还有更深的念头扎下了根：人往高处走，这是像太阳一样正确的真理啊。哪怕比你高那么一脚板儿，他的鞋子踢出的尘土轻易就能灰了你的脸。她还年轻，还有盼头，不能老是被人这么脏着。为了过得干净一点儿，就该向高处努力，不管高处有多高，反正高一点儿是一点儿，能向上走一步就少一层压迫。

这压迫还有一层来自村里。划宅基地、买化肥、交公粮排队、定棉花等级，各种拖泥带水的事情都找她，她起初就是很幼稚地直接拒绝，说自己没有能力，办不了。几个回合下来，母亲脸上挂不住了，老泪纵横地跟她说，做人不要太狠，能帮就帮。不帮也得有句好话，不然她在村里都难做人。

她只好学会了婉转。村人来找，她就先客气着，笑脸相迎。请他们去镇上的饭店吃饭，羊肉烩面，大米烩菜，啤酒饮料。一边招待，一边倾听，一边答应着。接着事情就放下来，磨蹭，拖延，他们来找，就诚恳地解释，抚慰。之后呢，再磨蹭，拖延……他们终于不再找她了。

日子实在是难熬，晚上失眠，头发掉得厉害，皮肤也越来越失去了水灵。公论她是阴阳失调女大当嫁，隔三岔五便有同事给她介绍对象。都是家在某个村的，在外有一份体面工作的本土成功青年，或老师，或军人，或在另一个乡镇当干部，不外乎此。她见过两个，便灭了念头，开始拒绝。待到第三个年头，乡里刚分配来一个大专生，经常找她聊天。家里也是本乡的，因为比她多读了三年高中，比她还大一岁。有人看出了苗头儿，马上就来撮合，在乡里，这是最美满的姻缘："都挣着一份工资，家里还有房子有地。还能一起上下班，多好。你们这年龄，可都不小了。过了这个村，没有那个店呀。"

她笑着，起身送客。很快，就有不中听的话传到了她的耳朵里："谁眼花谁跌跤，谁心高谁命薄。还差啥呢，还想啥呢。"

县里的主要领导有了变动，腾出了一些珍贵的位置，低一级的领导层也随之波澜泛起。一番厮杀之后，镇党委书记咬住了机会，去县里当了宣传部部长。镇里的领导层也开始磨圈儿，机关里人人都躁动不安，伺机而行。一朝君子一朝臣，旧臣最要紧的就是拜靠新君。她却是例外。她每周都坐着公交，跑到县城，登老书记的家门。这情形有点儿滑稽：书记在时她不和他拉关系，书记走了倒是开始向上贴——这词够准，贴的目的可不就是为了向上？自知这希望渺茫，所以她早就预备好了巨大的绝望，但她的努力却是步步为营的扎实。名义上是给书记孩子辅导功课，每次都拎着给孩子精心挑选的衣服和零食。那孩子的功课实在是差，不过差有差的好处，总是要笨些，稍微有些成绩就是她的功劳。

以如履薄冰的微妙分寸，她小心翼翼地应对着那个愚钝的女孩儿以及女孩儿背后一点儿也不愚钝的书记太太。绝不能让这个女人反感自己，这个最重要，不然会功亏一篑。

书记是何等样人，却不说破，更不问她，只是顺水推舟，任她来往，静等着她图穷匕见。就这么着，一周，两周，一月，俩月，半年，一年，终于，孩子生日那天，她送了大大的礼，说明白了想去县里工作。台面上的原因是为了更高层次的见识和学习，台面下的原因是想找一个理想的对象，不管怎么说，县城的选择范围总是大一些。书记理解地看着她，矜持地点头："等等看吧。"

又一年之后，县报社招人，正是宣传部管的口，书记首肯，她便去应试，然后就到报社当了编辑。县城的世界和乡里自然是不一样，压力小了许多，各方面都轻松起来。因为掌管着固定的版面，也渐渐地有人开始趋奉她。地方一大，对女孩子的年龄也宽限了一些。人们流水般地给她介绍对象，安排相亲，一年之后，她就结了婚，在城里安了家。

4. 吃　肉

丈夫在银行上班。祖辈原是做过大生意的，很是有些根底，只是和太多家庭的命运一样，几十年间，享过的福都成了难逃的罪，便凋敝了，可也隐约还能看得出发达时的形貌，主要是房子。

大大的老式的四合院，门头廊下的石刻雕花里都透着讲究。和公婆同住，她更是慢慢发现了他们生活的讲究：穿过的衣衫一定会熨烫，整整齐齐地放在红木橱中。被子晒过霉，一定要放在樟木箱里。婆婆在厨房炒菜，放的油是她不敢想象的多。每顿饭一定会有肉，吃葱只吃葱白，剩饭剩菜从来不留，都是当即倒掉。每月的电费都是她在乡下娘家一年的总额。大哥是七十年代末期结的婚，蜜月旅行去的是上海，拍了很洋气的婚纱照。大家庭的旅行也是从那个时候开始就没断过，照相簿的老照片里，北京、西安、广州，几乎哪里都去过，在北京照的还是“大北”照相馆。

她开始吃肉。有时候，忽然想起之前自己居然是不吃肉的，不免感到惊奇。从小她就对肉有一种厌恶的敏感。一看见肉，一闻到肉味儿都会恶心。用肉炒的菜，她肯定不动。过年时，家里会用剔过肉的猪骨炖一大锅骨头汤，俗称老汤或者高汤，做菜时总会放一些，因为只是汤，所以放进菜里根本就没有肉影儿，不过是个味儿而已，但这也是她绝对不能忍受的，她宁可吃咸菜，或者再炒个什么素菜。于是，常常的，其他人用这老汤炖大烩菜：青翠的白菜，雪白的豆腐，透明的粉条，墨绿的海带，深红的牛肉丸子，浅黄的腐竹，就着软暄暄的大馒头，一个个吃得心甜意洽，她却另炖一锅，料都是一样的，唯一的不同就是不用老汤。

奶奶也不怎么吃肉，所以总是另做有素丸子和素包子，饺子馅也肯定是另备一份素的。奶奶说她不喜欢吃。后来她发现奶奶的不喜欢是有弹性的：肉少了，不够吃了，她就说不喜欢。“太香了，顶不住。”肉多了，要剩下了，她肯定就可劲儿吃。“这么好的东西，放坏了多可惜。”

对于她的吃素，奶奶虽然也会劝几句，但总的来说还是很支持的，甚至是鼓励和表扬的。后来她才知道，这其实是为了让她省下些给男孩子们吃。她老人家一直都有些重男轻女。那时候家里虽然比“标杆”家强些，可肉还是吃得少。女孩子少吃一些，男孩子就可以多吃一些。即使多不出几口去，也总归还是多一些好。

夫家的人都很能吃肉。她第一次上门，吃的是捞面条，配菜是大炒肉。大炒肉这个菜名她是第一次听到，后来才知道，这个菜名是他们家的独创。什么是大炒肉？就是用葱配肉炒，其实也就是纯纯的炒肉丝。他们家就把这叫大炒肉。婆婆给她盛的面里，有一半都是肉，她勉强把面吃了，把肉全留了下来。老太太就此知道：她未来的小儿媳妇是个不吃肉的人。

是从羊肉串开始破的戒。丈夫非常喜欢在大排档上喝啤酒吃羊肉串，知她不吃肉，便故意逗她：“吃一串吧。咱吃得起，不用省。”几乎天天都要听他这一番话，有一天忍不住就动了心思，吃了一串，居然感觉不错。那时县城的羊肉串价格是一块钱六串，如果吃上两块钱，还会多赠一串。后来她又开始吃羊腰，不是那种全腰，而是脆脆的小腰片。腰片的价格要贵一些，一块钱一串。

几乎是与此同时，她的舌头还接纳了羊杂碎。夫家大哥在相隔百里地的另一个城市工作，隔段时间便会携妻带女回家看望婆婆，一回家，便会号召大家去西关吃羊杂碎，她跟着去了一次后，便欲罢不能。常去的那家店叫二宏羊杂碎，店主的名字就叫二宏。那边的店名都是这种风格：跃进羊杂碎，大新羊杂碎，长江羊杂碎……每家店前都支着一口大锅，锅里一半地方堆着切好的杂碎，另一半是翻滚的雪白高汤。他们报过碗数，老板便取过敞口粗碗，放入香菜、红椒末和味精，将汤汤水水的杂碎舀入碗中，顿时，白的汤，粉的杂碎，绿的香菜，红的辣椒，悦目非常。旁边的草编筐里是新出炉的烧饼，一块钱四个。一家子进店坐下，顿时就占去了半个店。他们从没有集体去别家吃过，只因大哥说这家好吃，大家就无条件地信任了。后来她悄悄独自去别家尝过，似乎还真的是二宏的羊杂碎比较好吃，不过她也暗暗怀疑：之所以觉得好吃，是因为吃过太多的缘故。口味也是有记忆的。

一碗羊杂碎，汤多肉少。汤是河，肉是游泳的鱼。也因此，吃杂碎还有一种最寻常的说法，叫喝杂碎。杂碎汤还有一条不成文的规矩：免费加。据二宏说，曾有一个老头带着两个孙子来喝杂碎，他只要了一碗，却加了五次汤。他们爷孙三个吃得肚子溜圆，也把二宏噎了个珠玉满喉。

由羊肉串到羊杂碎，她对荤的热爱从此一发而不可收。后来回过神儿来，才发现这两样都是家常之外的杂味儿。为什么会在家常之外的杂味儿上开荤？想了想，大约是因为这些杂味儿野、满、有劲儿。不过杂味儿吃多了就会明白：家味儿虽然没有杂味儿足，杂味儿却也真的比不上家味儿正。开了野荤之后，她的胃便由杂至正，由外及里起来，慢慢地被家常荤一五一十地收编招安。大嫂很会做菜，一跟着大哥回到家她便主厨，煎炒烹炸，样样开花。她被耳濡目染，吃肉的范围越来越广，也越发筷筷知味：五香驴肉，红烧猪排，砂锅牛腩，清蒸河蟹，白灼大虾……

有一件很小的鱼刺般的事，她一直都记得。那次也是大嫂主厨，做了一道冬笋炒鱿鱼，格外美味。这道菜每在餐桌上转一圈，就会下去一小半。第三次转到她跟前时，她满满地搛了一筷子放进碗里，顿了顿，又搛了一筷子。几乎空了盘，她有些不好意思，可又没办法再搛回去。丈夫笑道："真能吃啊。"她当时就哭了起来。丈夫连忙去哄她，她却哭个不了。也知道丈夫是在开玩笑，更知道自己哭得没道理，可她还是哭着，哭着，哭得丈夫都生起气来，说："还有完没完？"

吃得多了，便也开始做。以前不能看不能动的各种肉类，都到了她手下。她切、剁、洗、做、吃。吃完了做什么？也没什么可做的。县城的饭后娱乐无非是打麻将和看电视。她都不喜欢。晚饭过后，她和丈夫在路灯下散步，隔三岔五和熟人打个招呼，吃个夜宵，看场电影。

偶尔，她会想起五哥。他在哪里呢？在干什么呢？婚姻的庸常让她开始回味他们之间的未完成，在回味中，青嫩的初恋被催熟得恍若爱情，升起袅袅的甜。

5. 五　哥

同事们家境都不错，男同事的烟和鞋，女同事的衣服和化妆品，都透着日子的殷实。尤其是女同事们，上班的时候比着偷懒，下了班就是逛街，较着劲儿花钱。她不跟她们一起，一下班就回家。她给自己定好了调子，走朴素路线。她跟她们不好比。婆婆没有工作，公公的退休金虽然从不藏着掖着，可也实在是菲薄，不经花，用来应付家用的项目也只能是最勉强的柴米油盐酱醋茶，其他的就全指望着他们小两口来支撑。老房子大是大，却也糟旧，不时漏雨、滴水，要大修，冰箱电视这些电器也都到了淘汰的当口，人情礼事出手是不能小的，要应酬。还有逢年过节置办东西，又添了孩子……虽然不局促，却也不宽裕，只是维持在中游，所以她始终不能做到掉以轻心。有同学来找她玩，她请客。再来找她，她再请客。第三次，她就托词不再见面。

毫无预兆地，五哥回来了。在报社楼下的小花园边，他们坐在凉飕飕的石凳子上，他直截了当地对她说他需要钱。看着他强装自尊的面容，她突然十分恼怒。她不得不承认，自己是个吝啬鬼，不喜欢借钱给人。而相对于别的任何人，她更不想借钱给他，尤其是现在的他，这么穷。

先去吃饭。既然他没有钱，当然是她请。在一家小餐馆，要了四个菜：小葱豆腐，水煮白菜，小炒回锅肉，鸡丝拌粉皮。两碗米饭。她要给他要一瓶啤酒，他说什么也不要。在他的坚持中，她看见穷的痕迹无法隐藏地显示出来。她可以想象他如何买着最廉价的车票，吃着最便宜的盒饭，来到了她的面前。火车上的盒饭在饭时是最贵的，五块。过了饭时就开始减价，从四块到三块再到两块和一块。价钱随着饭的新鲜度很自然地降低着，他买的一定是最低时的那种。这些情形她是熟悉的，太熟悉了。熟悉得让她亲切，又让她呕心。

她调整着自己的焦距，不动声色地透视着他：真丑陋。也鄙视着自己：真势利。她憎恶自己的势利。她知道自己和所有那些俗气的女人一样，希望面前坐着的是一个高富帅的男人。五哥高是有的，帅也是有的，但只因没有中间的富，便使左右两项的得分都消减至零。当然她也知道，如果他真的很富，未见得还想得起她。穷很残酷。富也一样残酷。在这两样东西面前，根本无处可逃。

这一顿饭，几乎无话。说什么都是雷区，都是尴尬，不说也罢。好在厨师的手重，鸡丝粉皮里的芥末放得太多，水煮白菜也太咸，这成了他们聊天的主要内容。他们就吃了这样一顿心事重重又百无聊赖的晚餐，然后他回旅馆。他没有邀她去旅馆坐，她也没有请他去她的办公室。他们都在逃避着。他逃避着她目睹自己更多的穷，而她逃避的是他进入自己生活的任何可能。在逃避的同时她也自责：能在他这么困难的时候被他求助，证明着他对她的信任是多么彻底，而她的逃避则证明着她对他的隔绝又有多么彻底。可是微弱的自责很快消遁于强悍的自保，她一遍遍确认着自己的有理——向她借钱的行为本身，已经可以断定，他不爱她。否则怎么会向她借钱呢？谁会喜欢那些见过自己穷时候的人？哪怕是借钱的恩主。短暂的感谢之后，往往就是难以言喻的忌讳和疏离。所以啊，他为什么不自己想办法？为什么不去餐馆刷盘子？为什么不去建筑工地推水泥？他来向她借钱?！他需要钱，难道她就不需要钱了么？他为什么要来这么难为她?！

所以啊，根子里还是怪他。也许他不向她借钱，就不会这么丑陋了吧。他的穷若和她无关，就可以成为路边的石头，尽管绕着走，或者坐一会儿也无妨。可是，他向她借了，在借钱的这一刻，袅袅的甜变得很细很细，他的穷变得很粗很粗。仿佛喜欢她的，不是一个穷的男人，而是一个男人的穷。路边的石头硒住了她的脚。

虽然从各个角度否定着他，但她不能不借钱给他。第二天上午，他又来找她，她把薄薄的一沓钞票装在信封里。一面把钱递过去，一面简直恨起他来。

他打开看了一下，说："回头还你。"

她送他出去，来到大街上。不远处有一个正在施工的街心公园，有小池塘，有亭子，有游廊，到处可以看到水泥和沙子。工人们不知道到哪里去了，游廊上静悄悄的。

慢慢地，他向她一步步走近，起了干皮的嘴唇微微颤抖着。她一瞬间就看出来，他想吻她。她本能地向后退去。这个蠢笨的人难道没有一点儿觉察么？他想吻她。他居然还想吻她。他想通过这吻来证明什么？证明他还喜欢她么？她不能接受这样的吻。这样的吻，她无法接受。

他突然笑了。

“你怕什么？”他说。

她把脸转向别处。

“钱我会还你的。”他说。

她依然沉默着。还，这个字他已经说了两次。

“再见。”最后，他说。

他们一前一后地走出了那个小公园，她看着他的背影，长长地出了一口气，泪却也落下来。

6. 省　城

在报社时间长了，打字、排版她成了一把好手，偶尔去街上的打字社复印东西，觉得这一行的利润实在可观，她就动了做生意的念头。房租和设备是本钱的大头儿，正好政府门口那家打字社的老板生了重病，想要把店转租出去，她便凑了钱，接了过来。

对方要价很适中，没有什么还价的余地，可要是不还下一些，似乎也太过爽快。老板在医院躺着，只有老板娘照面。起初打算和那女人还价的时候，她还不是很有底儿，可是看到那女人的一瞬间，她就有了底儿。那是什么表情？在太阳底下暴晒着，干渴极了的焦灼表情。此时不还，更待何时？她便开了口，说如果要一次性付款，她手头还欠一点儿，请她再通融一下。如果不要一次性付款，她可以先付一半，那一半便容她半年之后再给。稍稍犹豫了一会儿，那女人便说要一次性全款，可以再让一些。她心里喜悦着，又有些愧疚，觉得自己不够仁义。可是想到又不是自己让那老板得了病，便又把愧疚填平了。

因为她的精明和勤谨，打字社经营得很顺利，利润之丰厚超过了她的预期。当然这也只是第一年，之后的利润再丰厚，对她而言也都在意料之中。几年过去，她积累了不错的底子，开始安心地花费，吃喝穿戴也渐渐考究起来，出手也比县城的一般人要大方一些。顺理成章地，她升职当了编辑部副主任，然后是主任，再然后是副总编。上传下达，迎来送往，分内的工作，分外的人情，她都做得很得体，谁也说不出她什么来。

县里的领导换得快，铁打的衙门流水的官。新近的县委书记热爱文艺，文化活动便搞得轰轰烈烈，什么读书节，红歌会，戏曲周，一个接一个。领衔压阵的大腕连省里的名流都觉得不够格，必得是北京来的当红大咖。各路明星频频大驾光临，省里的新闻媒体便追着来，她免不了得撑头应酬。其中一家最有名的都市报，发行过百万，每次都是同一个女副总过来，这女副总是时评版的主笔，下手极快，倚马可待，话锋和笔锋一样犀利，每每令人敬而远之，人称她为刀子嘴，她便回敬："豆腐心。"后来干脆起了个笔名，就叫"豆腐心"。

她之前就喜欢豆腐心的文章，见了人也喜欢，便对豆腐心应酬得格外周到。而豆腐心并不因为她应酬得周到就对她客气多少。有一次，要开一个什么活动的综合协调会，两人在报社门口碰到，正准备进去，突然报社老总的车到了，报社老总由宣传部的常务副部长兼着，比部长还威风凛凛。她连忙回身到车前，去给老总开车门。豆腐心冷冷地看着，等她再走过来的时候，说："那是你该干的事么？你把自己当什么了？奴才么？"她站在那里，笑不是，不笑也不是。豆腐心拍了拍她的肩膀，叹了口气，说："小地方太压人。你在这里，可惜了，有机会来省里吧，有用得着我的地方，我会竭尽所能。"她抑住眼泪，郑重地说："好。"

不久她就接到消息，说郑州有家报社准备招人，她毅然决然地去郑州报了名，然后畅通无阻地调到了省城。女儿正到了该上小学的年龄，她一不做二不休，把她带了过来。

第一道难题就是居不易。其实也不难，只要有钱。钱多就买，钱少就租。她租了一个很小的房子，是那种只有一扇窗户的大通间，号称有厨房和餐厅的，其实厨房就是进门右手侧那一条长方形凹处，上面装着油烟机，下面装着燃气灶和洗菜池，还有两节小柜子。这就是厨房。餐厅和客厅就是一回事儿，小沙发就是餐椅，茶几就是餐桌，房子正中用拉帘隔出一块，那边就是卧室。

租金一个月八百块，她的工资是小两千。实在是不便宜，可是地段好，离她的单位和女儿的学校都近，节省了时间和交通成本，衡量起来，总体性价比还可以。很快的，东西越来越多，她把一切可能的空间都塞得满满当当。床底下，门后头，衣柜上，就连权做餐椅的小沙发里面都是中空的，用来储物。每到换季倒腾衣服的时候，逼仄的屋子里全是五颜六色的裙衫，乱马交枪，一片狼藉。她一边整理一边念叨，等换个大房子就好了。

经验这种东西，一旦有过就总是舍不得闲置。她把县城的打字社转手，在报社附近新开了一家店，叫图文设计中心。所有的设备都是现时最高端的，可以做喜帖、请柬、名片、座签、海报、易拉宝、宣传页、酒水单、价目表、会议资料、培训手册、财务账册、制度汇编、规划图、消防图、绿化图、楼盘鸟瞰图、电气施工图……纸质业务简直无所不能。依着乡下人初来乍到的谦和敦厚劲儿，她很有生意缘。租房生涯还不到两年，她就买下了第一套房，是个八十八平方米的两居室。

但东西还是塞得满满当当，因为她喜欢买。除了平日里买，出差到外地，她也爱买。第一次去青海，在日月山，她一下车，兜售藏饰的小贩们便向她涌去，她来者不拒，和那个聊，和这个侃。然后，她买呀买呀，像个傻子似的买，像是有无穷无尽的钱。买到最后，手上脖子上都是丁零当啷的玩意儿，看着都像个小贩儿了。等她欢天喜地地上了车，全车人都目瞪口呆，一个同行者揶揄她："傻姑娘，这些假东西都是你们河南产的呀，你在这儿买啥呢?"全车哄堂大笑，她只是喜滋滋地看着一身的宝贝。

那些藏饰，她到后来一件都没有戴过。买只是为了买，而已。只是为了满足当时要买的那股子兴致，而已。反正都不贵。

她也喜欢攒。她很享受住酒店，各种各样的酒店。一进到酒店的房间，就觉得这小小的空间真是经过了精妙的计算，怎么看怎么舒服。她留意酒店的各种小玩意儿，只要是精致些的，免费赠送的东西，洗发水、护发素、沐浴露、护肤乳、浴帽、梳子、牙膏、牙刷、拖鞋、咖啡、茶叶、香皂……她就全拿走。有一次，在一家五星级酒店里，她看到一种给行李箱遮雨用的很大的透明袋子，厚厚的塑料，结实的拉链，让她爱不释手。问服务员，说是赠送的。开了一星期的会，她每天往行李箱里藏一个，酒店每天就补一个。她足足带走了七个。还有一次，住一家烟厂的酒店，茶几上放着罐装的香烟，铝制的彩壳罐，非常漂亮。她打电话问客房部："烟是免费赠送给客人抽的吗?"那边甜甜的声音回答："是的。"她又问："罐子也可以赠送吗?"那边顿了一下，声音不那么甜了，说："是的。"她放下电话，就把烟装进了行李箱。她不抽烟。

就这样，她像只老鼠一样往仓库里拖着，拖着。不知不觉，家里就都是东西。这些东西，她总以为会有用。虽然时间一次次地告诉她，没用。可每到年底大扫除翻检出这些东西时，她恋恋不舍地看一遍，依然会把它们归到原位。总有一个声音在它们上方阴魂不散地盘旋回荡：万一有用呢？到时候再去买吗？那多浪费，多不划算，多亏呀。

弟弟在县城安了家，母亲和奶奶仍跟着哥哥住在乡下。有空的时候，她就开车带着女儿回去看她们。有几次，碰到了下雨，她开得很慢。和乡村的雨比起来，城里的雨真不像个雨的样子。进了村子，她摇下窗玻璃，见人就打招呼。到了家门口下了车，雨分外大了。母亲和奶奶正在门楼下等她们。她和女儿嘻嘻哈哈地下了车，接过母亲递的毛巾，擦头发擦脸。然后，四个女人都坐在那里，有一句没一句地说着话，看雨。透明的雨珠从天而降，忽大忽小，忽急忽缓，带着浅浅的一层灰气。更多的时候是不大不小不急不缓，就那么雍容华贵地下着，像是大户人家的雨。——她突然发现，雨也是能把人分出穷富的。有农人从地里回来了，淋着雨。有匆匆走着的，边走边骂着雨；有慢慢走着的，哼着小调，就那么湿着头发和衣裳。她就觉得，那匆匆走着的人，就是穷人；那慢慢走着的，就是富人。而像她这种人，这么看着雨的，就也是富人；还有那么一些人，对着雨却丝毫没有知觉的，就是穷人吧。

出嫁的女儿回去看老人，手不空是起码的。所带不外乎吃食和衣服，起初她都是在郑州买，挑最时兴、最新款的，包装都很小巧精致。街坊邻居们来串门，浮皮潦草地夸她两句孝顺，便开始一样样品评她的礼，说着说着就露了真，感叹这点心咋不够甜呀，糖放得少了。衣服也太素净了吧，这羊绒咋一点儿分量都没有，可不如呢子呢。她便调整了方向，只在县城和镇上买。刚出锅的卤肉装一大塑料袋，蛋黄派和橙汁都论纸箱扛，衣服更是喜气盈盈的大红大绿，于是赢得了一片喝彩。

女儿上小学的那个秋天，母亲死了。国庆节期间，收玉米的时候，死在了地里。本来可以雇机器收的，因为地块小，母亲觉得不值得雇，就自己去收了。一早就起了床，一直干到快中午。正值秋老虎时节，玉米地里最是闷热。她有高血压，信了耶稣以后就不再吃降压药，最终突发了脑出血。当人们在地里找到她时，她的身体已经凉了。半年前，她刚刚转正成公办教师。

当时她和女儿正在九寨沟旅游，漫山遍野的白桦林正值盛彩，树树皆金。第二天深夜，她才回到老家。哥哥和弟弟痛哭流涕地自责说怎么就没有和母亲一起去收玉米呢，她听着，只是哭。她跟人说是去出差，也让女儿这么说。宁可去玩也不回老家跟母亲收玉米，她说不出这个。

“标杆”闻讯来吊唁，看起来比她老了十岁，抱着她说：“都是苦命的人呀。”她看着这张比她老十岁的脸，嗅着她身上浓重的汗酸气，本能地在心里反驳，“标杆”怎么可能跟她“都”呢？转而一想，也只能认同：她们的母亲，都是死在地里的。

7. 男　女

人脉越来越广，她的男女关系也开阔起来。与不同行业的男人考察、开会、合作、议事，免不了频频有娱乐休闲的项目：逛街、泡吧、跳舞，甚至去温泉洗澡，这些在小县城根本不敢做也不能做的事，已经成了她的日常。有一次，一群人喝茶聊天，说起了初恋。有人说自己的初恋是在初中，经常把自己的自行车和所倾慕的女生的自行车放在一起，就觉得很浪漫了。有人说自己的初恋是在高中，中午吃饭的时候会和所倾慕的女生点一模一样的菜，觉得是在同甘共苦。问到她，她沉默了片刻，笑道：“没有。”

其实五哥也到郑州来了，不知从哪里得到了她的手机号，打给她，问道：你好么？她反问：哪方面？他说：身体。语调暧昧。她朗利回答：很好。他约她出去坐坐，她说忙。他便找了过来，先把那时借的钱还给她，附赠了一只品相可疑的翡翠手镯。他说他在一个网站做平面设计，正准备结婚。她说你这么晚婚，可真是响应国家号召呢。他说还不是为了等你。彼此调侃得恰到好处，一起笑起来。他便适时说起了房子，问报社整天给楼盘做广告，能不能找个关系好的开发商让他买一套便宜点儿的房子。她说这忙我恐怕帮不上，给楼盘做广告是报社求着开发商，不是开发商求着报社。开发商可是赏饭吃的大东家，是该好好巴结的主儿，怎么好意思去琢磨人家，让人家变本加厉地出血呢？

也是因为房子，此时她正和一个男人绞缠在一起。他在郑州市最靠北的一个区工作。长得虎头虎脑的，QQ 昵称是“大猫”。她去他的地盘采访过两次，他招待得很好。他来报社办事，她自然也得回赠人情。在他的地盘他是领导，需要谨慎，对她的招待就是最传统的吃饭喝酒。她招待的方式就放松了一些，常常是喝茶之后去唱歌。他喜欢唱歌，歌唱得不错，她唱得也不错，两个人经常对唱。唱着唱着，他的手粘在她的腰上，她随着音乐旋律柔柔曼曼地扭动着腰身，一点一点将其剥掉。

他喜欢她，她知道。隐隐约约地，她似乎有一种天赋，能够对男人一目了然，且越来越一目了然。有时候，她觉得自己简直就像是一台测试仪。一个男人稍微靠近一些，她就能嗅出味道，对自己仅仅是好奇还是有点儿兴趣，是初级的好感还是萌芽状态的喜欢，或者只是想和她上床，又或者是怀着尊重、欣赏和疼爱在给她友情，更或者是兼而有之，混搭在一起，就连混搭的比例她也约略知道。

蓄谋已久之后，大猫正式动了势，给她送香水，送珠宝，每天都给她打电话发短信，找一切像样的和不太像样的借口接近她，约她出来，看她的眼神越来越含情脉脉，既庸俗又纯真。和丈夫两地分居多年，早就是那么回事儿了。红杏开出低墙，实在是很容易。可不知怎的，她一直都没有对谁动心，包括大猫。可他顽固地坚持着，对她故意设置的一些障碍似的小难题，也都巧妙地不露任何嫌疑地给解决了，用他历练世事的狡诈心机，呈现给她特有的仁义厚道，让她欠他的人情，不止一桩。但她就是不动心。为了这些？她不会。

可是那天，说到了房子。她正好看上了一个房子，那个楼盘在一个大湖边上，风景既开阔又秀美，当然价格也很惊人。他会意一笑，说该她有份，虽然不在他的地盘，可这个房地产公司的老总是他的朋友，铁哥们，如果她要买房子，他可以给她打个大折。有多大？至少四分之一吧。她快速地算了一下，几乎有五十万呢。

她动摇着，对他的态度软下来，开始给他回赠妩媚眼神，不再婉拒他的礼物，也会及时回短信，呼应他的调情。他很快感应到了，加紧了追她的进度，密集投饵，不断地向她传递房子的消息：房子又涨价了，房源很紧张，楼盘里会增加几个特别的设计，最少有七个运动场……他们吃饭，拥抱，亲吻，有条不紊地步步深入。他慷慨地安排她和老总见面，他请老总吃饭，在饭局中一直甜蜜地黏着她，向老总明确着对她的主权。但合同一直没有签，总是有各种各样的理由，老总出差啦，老总说折扣太低的房子得往后放啦，公司正在被财务审计啦，等等等等，那理由是牵强的，却也是坚硬的。那坚硬的核她自然知道。于是，在一次酒后，半推半就地，她和他上了床。合同很快就签了下来。她拿着合同，几乎要笑自己了。不为小甜头动心，却会为大好处上床。这可算是什么呢？

如果是单纯的交易，已经两讫，可以不再交往下去。可毕竟不是那么单纯的交易，于是只好和他交往下去。好在这种交往的尺度很好把握。她已经确定，除了体液，他不会付出更多。他或许爱她，但更爱自己的权位。相比于他已有的固定的一切，她知道自己的分量，所以也绝不自讨无趣，绝不让这感情走向坠崖般的高潮。况且，她对自己心如明镜：即使他肯为她离婚，她也绝不想嫁他。这样一个男人，做一个短暂的情人尚可，却肯定不是她长久想要的。他文化程度不高，经常露出粗暴浅薄自以为是的底子，在一两个小时的近距离相处中，她或许还可以把这些视为他性格的特别之处予以欣赏，但在这一两个小时之外，她就收起了这份宽容。

毫无疑问，她和他最好的结局就是：无疾而终。在最后的时刻来临之前，她能忍耐。她想得很明白：如果说不堪的婚姻是凑合，那无数情人之间又何尝没有凑合？当短命的新鲜感迅速远遁，他们之间便成了另一种意义的老夫老妻，沦为婚外的庸常。分手也如同离婚一样要消耗力气的，就这样吧。再来一桩的结局多半也是如此，就这样吧。这个到底也是活了那么久才碰见的，就这样吧。情人这种事，要多少才是个头儿呢，就这样吧。——就这样吧。就这样吧，就这样吧。这样到不能这样的时候，再结束吧。直到无论对方是否活着，在自己心中都已经死去，到那个时候，再结束吧。

这边和大猫不冷不热地拖延着，那边却和丈夫快刀斩乱麻般离了婚。他调不过来，也不愿意调，说是宁做鸡头不做凤尾——两年前，他确实做了鸡头，当上了副行长，主管信贷，很有些实权了。回想起来，如果豁出去费一番功夫，也很有可能把他调过来。可是要豁，只能用她的人脉关系去豁，她不想那么豁。刚调到郑州时，她每周带女儿回去洗涮打扫，辛苦两天，周一一早再赶回郑州。他就把脏衣服脏地板攒着，净等着她回去奉献体力，包括床上。等她开了店，就很少再回去，他就只好抽空过来。当了副行长之后，他过来得渐次变少，她就带着女儿打发时间，去游乐场，去电影院，去游泳，去野餐，间或把时间份额分给大猫。

这样的日子，似乎也不错。本以为会一直这样下去，直到那天接到了电话，是一个女人打的，听声音就很年轻，她说是他同事：

“我肚子里的孩子都六个月了，他不能没有爸爸。是个儿子哦。”

还是要谈一谈的。丈夫的意思既隐晦且直白：“互相理解吧。”他有一个额外的儿子必须让她理解，她有什么把柄必须让他理解呢？她想了很久，想起一件事。有一次，住的也是五星级酒店，看到避孕套上没有贴价格标，她就打电话问客房中心，回复是免费。她就拿了回来，放在床头柜里。不久之后的一个星期天，她正在单位加班，他忽然找过来，怒气冲冲的样子，又尽力压制着自己的怒气冲冲，质问她是怎么回事。他们从不用避孕套的。她对他讲了，有些羞赧。他没再说什么，却是明显的将信将疑。他走后，她坐在那里，愣了很久。

最大的财产无非是房子。郑州的房子都归她，老家的房子都归他。有儿子这么硬实的把柄在，他吃了亏也不好意思跟她理论，强装淡定，语气里却有割肉一样的痛。婚之离完，其言也善。他说要不是那个二货使出了这么一招，他不会离婚的。原因么？他还爱她。一日夫妻百日恩多年夫妻似海深呢。她笑了笑。这真是明目张胆地自欺欺人，不着片缕地不打自招。爱？她不爱他，她早就知道。他不爱她，她也知道。他口口声声说的爱，不过是畏惧人到中年又重新开始。

离婚这件事情，在到来之前，其实她也是有些胆怯。倒不是怕离婚本身，而是怕像诸多过来人所说的那样，找不到合适的人再婚："总得找个人过下去么。下家不好找。"等到真离了才知道，也不过如此。

全国一线城市的房价都涨得穷凶极恶，郑州的房子却一直涨得从容温和。很多人怀着侥幸持币观望，她却当机立断地出了手，又借又贷，接二连三地又买了两套，刚办完手续，限购令随之出台。她打了个大胜仗。剩下的事情就是还债。房子越来越贵，债却越来越少，简直没有比这更可爱的债了呀。

8. 拳　头

报社人事大洗牌，所有的中层负责人都要竞聘上岗，她也有了机会。有机会的当然不止她一个，但机会对于有的人来说就只是理论上的存在。她想让这理论通向实践。这些年她太知道了，越往上走，照亮的地方就越大。她业务强，人缘好，聪明能干，各种条件都够线，大有希望。一切都按照最理想的样子向前行进着，她的名字进入了公示榜单，约等于成功了。已经有不少人纷纷向她祝贺，预约一周后的升迁喜宴。但正式名单公布出来，一个资质平平的女同事成了她的上司。在同事们四通八达的小道消息中，那个女人的背景深厚，直抵京城。

她被告了。说是男女作风问题，男主角有名有姓，就是大猫。按照约定俗成的伎俩，这时候最应该去声泪俱下地辩驳一番，哪怕只是做个样子，尽管徒然，却也能裱糊出一层气节。可她始终沉默着，没有去。如果去辩驳的话，自己就和告状的人一样不要脸。她这么给自己下了判断，觉得这判断既严肃又可笑。

她很快就知道了告状者何人。没有意外，就是那个女人。那个女人本来就整天趾高气扬，升职后愈发地趾高气扬。后来她才明白，就有这种人，越虚弱越趾高气扬。外表努力淡定着，可她毕竟不是什么神仙，作为俗人又不曾好好地修炼，心里还是很憋闷难受。为了有效地排遣，她试图以毒攻毒，暗暗地纵容自己对那个女人尽情咒骂。每次骂完，似乎都觉得痛快一些，但很快又乌云重聚，雷电交加，总没有长晴之日。几个回合下来，她便停止了，终于知道，如果解毒能力太弱的话，毒气就只能在自己这里蓄积，最终毒的还是自己，且会中毒愈深。

不知道该怎么办。很长一段时间里，她睡觉的时候都会紧握双手，把双手攥成拳头。她用瑜伽中的腹式呼吸来调节气息，听轻音乐，看搞笑的书，可是这一切对于拳头都收效甚微。即使睡着时明明是松开的手，醒来时却依然是拳头，紧紧攥着的拳头。她很明白自己紧攥的拳头意味着什么：她想打人。而拳头心儿又是空的，是因为她想要去争抢。

在梦中，她可以舒缓些么？似乎也没有。有一次，她梦到那个女人再次升迁了，升得很高。让她欣慰的是，那个女人升到了京城的报社，她们不用再打交道。仿佛是在一个会议上，她和那个女人走了个迎头，高升的女人冲她微笑，是居高临下的笑，是得意扬扬的笑，也是胸有成竹的笑。她知道那女人管不着自己，可是那一刻，她还是迎了上去，向她祝贺。那个女人抱住了她，她只好也伸出双臂，迎接她的拥抱。那个女人说：“我会关照你的。”她也以情真意切的语气回应说：“太谢谢了。祝贺你，真为你高兴!”

从梦中醒来，她怅然若失。梦中她也在应战，且应得那么世故，那么圆融，那么恐惧。——是的，她恐惧。传说中那个女人背后的权势，让她害怕。她以为自己不在乎，但其实，终究还是在乎的。白天的她在单位，表演着连自己都信以为真的不在乎，晚上的梦却是一把锤子，哗啦一下子就敲碎了完美的面具，让白天的她看着一地碎屑，格外讽刺——因为梦中的她，不知道那是梦，以为自己正过着正正经经的人生。“人生如戏，全在演技。把角色演成自己，把自己演到失忆。”这种顺口溜还真是精辟啊。她悄悄地对自己说：你在梦中依然没有失忆，可真是个好演员，自己给自己颁一个奥斯卡小金人吧。

很具戏剧性的是，过了一个多月，那个女人也被告了下去，调到了另外一个部门。据说是学历造假。那个女人一定以为是她在报复，两个人大堂、电梯和走廊里见面，都目不斜视。她倒是想斜视的，可是对方这样，她也就只好这样。

有一天，她接到了一个匿名短信，崭新的手机号，也不说是什么事，只说自己是多么多么善良，多么多么无辜，多么多么光明，多么多么磊落，骂她是个小人。她倒觉得好笑。这肯定是那个女人发的。觉得自己那么光明磊落，那干吗不属个实名呢？她回短信问她是谁？为什么骂自己？对方不回应她的问题，只说她要是再跟她过不去，就置她于死地云云。她只觉得苍凉，又觉得对方可怜，就温和回敬她说：不知道你说的是什么事（当然知道，但此时就假设她是另外一个人吧），我从不曾诬告人（也许会告，但不会是诬告），如果你不把事情说个清楚明白（说啊，你倒是说啊），我就只能心里无愧天地宽（做个很大的大人，哈哈）。然后，她打通了那个女人的手机，电话那边居然很客气，客气中透着一种薄脆的热情。她约见面，对方支支吾吾的，说正有着什么事情。两个人不咸不淡地聊了几句，她挂断了电话。

事情过去了么？没有。她知道没有。或许对方真的会瞅个什么时机把自己置于死地吧？不一定要自己的命，是别的意义上的死地，比如说让她丢了饭碗，或者在她背后使个什么大绊子。可是据说那个女人信佛呢，很虔诚地信着，去寺庙里总是挥金如土，在大街上碰到乞丐也会很舍得给钱。她很好奇：她会跟佛说些什么呢？会说起自己做的那些摆不到台面上的事么？会忏悔么？

会吧，也许会。不过，凭什么也许会呢？要是她根本就没想到这一层呢？她给佛送了那么多的礼，说不定早就觉得自己跟佛的关系很铁，早就觉得佛不会跟自己计较，为什么不呢？而且，即使她会忏悔，也不妨碍她下次继续去犯错，甚至是更踏实地犯错。也许在那个女人眼里，给佛敬献就像是洗碗，每敬献一次，她可能就觉得自己把这顿饭的饭碗洗干净了，下次就可以心安理得地继续吃饭，甚至会吃得更香甜。为什么不呢？

9. 华　衣

长辈至亲只剩下了奶奶。弟媳年轻，脾气暴，脸色多，老人家只跟着哥哥住在乡下。女儿上了初中，功课陡然紧张，也不情愿跟乡下亲戚尬聊，便只有她回去。每次给老太太带的依然是吃食和衣服，大包小包。奶奶能吃多少能穿多少呢？醉翁之意不在酒。也塞给奶奶钱，这钱她是不会花的，唯一的去处就是给曾孙子们。一笔钱，经过两个人的手，入了最该入的库，让人情值涨到了最大，很划算。有一次，移动公司和报社联合搞活动，她得着一部新手机，也送给了奶奶，教会她接听。奶奶由此成为村里第一个用智能手机的老太太，备觉荣光。

每到暑假和寒假，她都要把老太太接来郑州住一些天。女儿放假在家，一老一小互相陪着，正好。她也尽量把公休假放在这个时间段，带着她们在省内做短期旅行。而在郑州市内，她们最大的娱乐就是逛超市，逛大超市。老太太逛超市的乐趣类似于旅游，在商品世界里旅游。她的常规表现就是看看这个，看看那个，问问这个，问问那个，小心翼翼地抚摸着，流连忘返地赞叹着，从一个货架岔到另一个货架，再岔到下一个货架，你不催她，她永远都走不动。此时的女儿总是特别乖巧，从头到尾地陪着讲啊讲啊，还常常故意挑最新奇的东西来让老太太大惊小怪。

她负责的是最实际的采买，而她的采买总是被广告牵引。超市里到处都是广告，饱和度极高的刺激色彩，字体能多大就多大，生怕人看不到。便宜啊，贵啊，打折啊，无非都是为了让人买东西，都直白，粗陋，低级。但是，也自有一种让人心安的老实。有些广告便做得十分狡黠，比如“你，值得拥有”。如此婉约、如此雅致、如此珍爱地奉承着你，宝贝着你：你，值得拥有。在听到的一瞬间，你尽可以陶醉地沉浸在这样的气氛里，理所当然地顺应他们的推断：我，值得拥有。那么，以此荡开：某某别墅，你，值得拥有。某某珠宝，你，值得拥有。某某香水，你，值得拥有。某某豪车，你，值得拥有……无边无际的句式复制批发，排山倒海而来，那点儿泡沫般的虚幻情境随即就撞碎在那块坚硬无比的巨型礁石上：没有钱，你，如何拥有？

相比这些曲径通幽的心机套路，她更情愿认开门见山的账。因此，毫无例外，每次去超市，她们一定满载而归。有些本来用不着的或者家里囤积有的，她还会忍不住再买。从超市出来，女儿一手搀着老太太，一手拦出租车，她的两只手里都拎着沉甸甸的大袋小袋，气喘吁吁。

因为奶奶的关系，一些老亲戚便有着来往。春节她回去，总会碰到来走动的亲戚，全都是陌生脸孔。他们也不认识她。奶奶要在其中啰唆好几个回合，他们才会哦哦哦地感叹着：就是你呀。可不是么。多少年不见了。就是啊这都多少年了。都老了。是啊都老了。送他们走后，奶奶总要说一句：

“等我死了，他们就不再来了。都该断啦。”

但奶奶不死，就断不了。他们的脸孔陌生，打到郑州的电话却很熟络：我是谁谁谁，想起来了吧，有个事跟你说说，你看中不中……最多的事情就是给他们的孩子找工作，还有借钱。对这两样，她都是一口回绝。他们便退后一步，要孩子们住在她家里。如今她的房子不是很大么，都知道的。她无法推辞，但底线是只接受女孩。

于是，像青年旅社一样，她家里不间断地出现着女孩子们的身影，最多的时候住了四个。四个卧室，她和女儿各一间，那四个女孩子两两一间，偌大的家，简直就成了女生宿舍。她未雨绸缪，早早就给她们立了规矩，无非是一些日常家务，洗衣拖地做饭之类，倒也行止有序。水电气一应杂费都是她的，房子又白住，作为暂时的 CEO，她自然有绝对的话语权。晚饭时分最欢乐，能吃两个小时。各说各话的同时也热辣碰撞。那天，她听新来的女孩子讲保险。女孩子说她做的是电销，就是电话销售。

“打个电话就能让人家把钱掏出来?”她惊奇。女孩笃定点头:“必须的。”

所有的业务员都叫“美丽”，李美丽，陈美丽，吕美丽，什么美丽。——“美丽”这个词真是神奇，果然能让人生出一种俗艳的向往。每个美丽进了公司，就必须得在第一个月做够两万元的业务。完全没有工作经验，也没有客户来源，这几乎是不可能的事。但是没关系，不是还有自己的亲朋好友么？先杀熟。杀完熟，成了公司的正式员工，就可以安下心来杀“生”了。她们都有一套“话术”，怎么和客户沟通，算准了客户会说什么，她们怎么应答，客户再说什么，再怎么应答……客户所有可能的心理障碍，都在美丽们的预料之中，她们只要按照“话术”来就可以。除非客户根本就不接她们的电话，或者接通了一听是保险就立马挂断。

“美丽”还会背很多银行卡的贵宾卡号。工行的、农行的、中行的、建行的，她一听这个卡的前几位数就知道这卡是什么级别，就知道这卡有没有钱。“有一次，一个客户刷完了卡，我一看他的余额，天啊，他卡上还有七千多万，七千多万啊。”

她看着“美丽”的脸，真是一张青春的脸。这脸那么渴望钱，那么喜欢钱，是一张贫穷的脸，可是，也是一张多么富的脸啊。

“标杆”的女儿也跟着她住过，长得活脱脱就是一个“小标杆”。三本毕业，在早教中心当老师。那个小区地段很好，是高端豪宅，房租很贵。很多家长把孩子放在那里，上各种各样的课。老师么，几乎都是像“小标杆”一样的女孩，没有什么教师资质，一个月工资才两千，可是家长不管那么多，就把孩子往这里送，每个孩子每月三千，管吃管住。“小标杆”总是啧啧感慨：“光水果费一天都二十块钱，二十块钱能吃多少水果呀。仨孩子分吃一个苹果都吃不完，唉，这早教中心，可是赚得太黑了。不过，话说回来。就是让这些孩子可劲儿吃他们也吃不了多少，胃口都不行的……虽然都是富人的孩子，可真是挺可怜的，整天学这个，学那个，家长送来都不再管，很晚才来接，有的家长没时间，就让司机接，反正都开着大公司么，都有司机么……这些小人儿，不光可怜，也可恨。在家长面前一个样儿，在中心里又一个样儿，霸道刁蛮得不得了。他们都知道家里有钱，在这里就能作威作福，没人敢把他们怎么着。有时候呢，又像鬼灵精似的，小心眼儿里不知道想的都是什么。有个小孩子，才四岁，她妈妈一走她就朝她妈的背影吐唾沫，说她妈不是亲妈，她是领养的，可她妈一来，她上去就亲她妈的脸……”

白亮的灯光下，她们喝粥，吃菜，以这些琐事佐餐。她想象着那些孩子的小脸，那些小小的富人，已经开始穷了。因为他们的父母，都是穷富人——穷富人，这个词是豆腐心造的。越用越觉得好。这些年，她也见过不少穷富人。每当碰到他们，她总是一眼就能看出他们富下面掩藏的穷来。他们压不住这种穷，或者是富：给灾区捐款的数目，衣服的牌子，去哪些国家旅行过，住过多么高级的酒店，见过多么显赫的人……这些必须得提，一定得提。“该露不露，心里难受。该烧不烧，心里发焦。”“露”和“烧”，在河南方言里都是炫耀之意。

“这个世界上，只有两种人：穷人和富人。没有不穷不富的人，所谓的不穷不富，毫无疑问，也一定是穷人。”豆腐心如是说，“在咱们这里么，穷的人穷，富的人也穷。总而言之，都是穷人。”

一天一天，不可遏制地，她开始感觉到自己的老。都说塌了的身架子只能用好衣服来撑，她也到了这个时候。她让女孩子们给她参考，以便让自己穿得减龄。看到她的衣柜，女孩子们总是一阵惊呼。她的衣服满得要溢出来，看起来似乎是想穿哪件就穿哪件，只有她自己知道，不是这样的。有些衣服是贪便宜买的，有些衣服是出差在外遇到或冷或暖的天气为了一时之需买的，都是些权宜之选。也有些虽然是因为喜欢才买的，过后却很快不喜欢了。就是这些衣服，一件一件地叠挂到一起，凑成了可观的储备。她绝望地总结出这样一条准则：越多就意味着越穷。宛如胖子的一身赘肉，那么厚，那么肥，多得要从身上掉下来，是富么？是穷。而那些一点儿脂肪也不多余的匀称的身体，才是富啊。

再多的旧衣服她也舍不得打发。“还是旧衣服穿着舒服。”这是挂在嘴边的话，可谁都知道有多假。谁不喜欢新衣服呢，如果那新衣服又精美又舒服又昂贵？可还是要说旧衣服好，因为旧衣服不用再花钱。——归根结底，还是因为穷，才会向来是有什么穿什么，让身体顺从存货。而不是穿什么有什么，让消费来顺从身体。吃也是一样。从来就不是想吃什么就吃什么，而是有什么吃什么，或者更准确地说，是买得起什么就吃什么，很知趣地让自己的心理来配合自己的穷。这样的话，穷就不再是孤零零的、赤裸裸的了。这样，穷好像就不那么穷了。

是这样么？

其实也有不少衣服挺贵的。一两千的打底衫，两三千的裤子，五六千的风衣……花钱买衣服也能上瘾。买的时候会觉得心痛，但更多的是兴奋，有点儿像做爱。做完了，就会莫名的颓然。然而还不仅是颓然，更大的问题是：这不是几件贵衣服的问题，不是几千几万的问题，你还要买和这些衣服相匹配的鞋子、袜子、围巾、包，还要配相应的化妆和发型，甚至还需要适当整容。这就够了么？不，还远着呢。你还要有更贵的车子和更好的房子，而关于房子的一切，那就更是致广大而尽精微：地段、楼层、面积、户型、装修、家具……所有的问题都不是单一的问题，不能去单一对症。衣服只是冰山一角。与衣服遥相呼应的，是一个千里迢迢的浩繁工程。这个浩繁工程宛若一件巨大的华衣，昂贵的衣服不过是这件华衣上一枚小小的纽扣，而已。

她放弃了。她承认：自己还是穷。穷，不仅是因为你花不了那么多的钱，事实上，你也花不了那么多的功夫，功夫也是钱，另一种形式的钱。

这一年9月，女儿读了高一，开始住宿。女孩子们也走了两个，家里没有那么热闹了。到了冬天，家里完全安静了下来。奶奶死了，是在睡觉的时候。村里人都说这是最有福气的死法。办的是喜丧。

10. 心　病

家里只剩下她一个人。所有的生活细节，她都可以按自己最想来的习惯来了。连她自己都没想到，她居然开始肆无忌惮地节省。在那些女孩子们的眼皮儿底下，她不好意思这么干。女儿天天在家看着，她也不好意思这么干。现在，她没有什么不好意思了。

家用的一切在她这里都用到了极致。一盆水，洗过了菜，可以擦灶台。淘过了米，可以浇花。那台洗衣机嫁到她家可算是享了清福，她能不用就不用——实在是太浪费水了。要是洗大件衣物必须要用的时候，也必定是家里大扫除的时候。她把排水管从地漏那里抽出来，把涮洗过衣物的水一点一点地排放到盆里，浴缸里。然后，擦桌子，擦窗户，拖地板，直到把它们用得浑得不能再浑，才会倒掉。

一块毛巾，洗脸用旧了，用来擦脚；擦脚太硬了，用来当厨房的抹布；厨房抹布也当不成了，它们最后的贡献是擦油烟机或者擦某个犄角旮旯的灰尘。她算过这个账，作为抹布，只有当它们被洗的价值都已经失去，洗它们的水都比它们本身贵重，这个时候，它们才会被心安理得地扔掉。

其他的更不用说，过时的旧毛衣，她把它们拆开，做成沙发垫、脚垫。破了洞的床单，她把它们截成小块，做成围裙，做成包袱，做成购物袋。现在超市里的购物袋都不再赠送，那当然不该再为那些塑料袋花钱。三毛五毛也是钱呢。

有一段时间，她留长头发，每次梳头都会掉不少。起初她很沮丧，后来金光乍现：这头发也可以卖钱的呀。于是她开始收集自己的头发。于是每天早上，那些掉落的头发不再成为她的忧愁，反而成为她的收获。可是她一个人的落发实在是太有限，攒了两年也没有攒多少。有一次，在理发店理发，听两个理发师聊收头发的事，她问收的头发有什么用，他们说用处多了，可以用来做假发，也可以用来接发，还能做发绣。根据头发的质量和长度来定价，十寸以上的好头发要六七百块一公斤呢。“看您头发就不错，您有货么？有多少？是长辫子吧？”染着满头银发的理发师殷殷相问，她纠结着，到底也没有回答他。回到家里，她找出那些头发，把手伸到窗外，头发们随风飘荡，很快便无影无踪。

还有一条秋裤，灰白色的，她已经穿了很多年，松紧带都松得不能再松了，好像随时都会掉下来。也已经洗出了很多细小的窟窿，补都没办法补的。它是真该扔了，她知道。可她就是舍不得。不仅在家里穿，到外面开会的时候也会带着它当睡裤。于是，那情形就有些怪异：华丽丽的酒店里，这个女人，上身穿着真丝吊带，下身却穿着一条旧秋裤。一个人的时候，她就大喇喇地在房间里穿着。偶尔和人同住，虚荣心便作怪，洗漱时来回走动，免不了要遮遮掩掩。不过等到一切终于安顿妥当，她躺到了被窝里，便会有一点儿小小的得逞和得意。

这旧秋裤，是她的秘密，变态的温暖的秘密。每当她穿上这条旧秋裤时，都会觉得自己很可怜，仿佛全世界都把她抛弃了，没有人疼爱，众叛亲离，落魄至极，她的所有啊，就只剩下这条破破烂烂的旧秋裤。这条旧秋裤仿佛包裹着她所有不能示人的孱弱，这种感觉让她依赖。嗯，还有一点，这条旧秋裤似乎证明着她一直很穷，似乎证明着她一直都是个穷人，不知怎的，这种感觉也让她依赖。

那一次她整理家，整理出许多旧袜子。这些旧袜子少说也有二十年的历史了。都是破了洞的，她补过，然后补过的地方又破了，实在是不能穿了，她却一直也没扔。这次，她又把它们拣了出来，一对一对地查看着。边看她边清楚地知道，自己这是有心病了。可是有病又怎么样呢？就这么病着吧。她对自己这种病，又辛酸又享受，又嫌弃又娇惯——每一种心病都是自己养的孩子，这孩子一天天长大，一天天折磨你，是你的热望也是你的绝望。你爱它。

她看着这些袜子，都是她自己穿过的呀。她还是舍不得扔掉。虽然是破袜子，可是这些都是多么可爱的破袜子！洗得干干净净的，各种颜色，各种款式。运动的，休闲的，白色的，黑色的，彩色的，卡通的，条纹的，超薄的，加厚的，长筒的，中筒的，短筒的，加绒的，保暖的，吸汗的，透气的……都拥抱过她的脚，亲吻过她的皮肤，那些毛茸茸的起了球的表面，都是它们和她双脚的情史。喜新不厌旧，就是她的德行。——不，不对，其实她是厌旧的。可是她不敢。她怕新的不牢靠，所以不敢厌旧。

蓦然，她灵机一动，开始上网搜索旧袜子的用途。刹那间，很多页面排列了出来。把手套在袜子里，直接擦皮鞋；套在马桶刷上蘸洗涤剂清洗马桶，会非常方便；把用得小得不能再小的香皂肥皂渣放在袜子里，可以把它们用到最后一刻；把品相还不错的头缝扣子尾缝扣眼，做成窗帘结；最可爱的做法是装上棉花贴上眉眼，做成千姿百态的袜子娃娃，这些娇萌的袜子娃娃可以放在书架上，摆在客厅的茶几上，或者装饰在门柜上……废品袜子这么来个大翻身，简直就成了登堂入室的手工艺品，让她痛快至极，欣喜若狂。

她如获真经地把这些文档都下载下来，一边下载一边想：这些都是什么人啊，这么心灵手巧，这么异想天开，这么化腐朽为神奇……关了电脑，她有些黯淡地坐在那里，知道了自己的答案：都是穷人。琢磨出这些点子来的，只有穷人。

“你穷疯了吧？”每当听到有人说这句话，她都想笑。这话说的，简直就是颠扑不破的真理。穷是会让人发疯的。富不会。那些发疯的富人，其实也还是穷。他们的病根，还是穷。他们的外表治愈了穷，内心里没有。穷根儿很泼皮，很强悍，很硬朗，扎得很深。它精神矍铄，生机勃勃。——它太容易养活了。它需要的营养少得可怜，甚至不需要什么营养就能够活下来，而且通常还会活得很不错。

11. 女　儿

女儿跟着她长大，却没有被她太过娇养。读小学的时候，她只接送了两年，从三年级开始便让她自己坐公交上下学。先从家里走五分钟去搭公交，公交坐二十分钟，下了公交再走五分钟到学校，算下来每天大概四十分钟，逢到高峰期拥堵就要一个小时。因是省实验小学，家境优渥的孩子有的是。有很多家长每天接送孩子都开着宝马和奔驰之类的车。女儿回家偶尔也会说，谁谁谁家开的什么车，谁谁谁家有几辆车。

她告诉她：“你念书的钱，咱们有。但买豪车的钱，咱们没有。就是有也不会用来那么花。”

孩子懂事地点头：“我知道，那样不划算。”

她经常传达给女儿的一个信息就是：我们只是一般家庭，比上不足，比下有余，所以衣食住行都不要和别人看齐。你不必为学费和生活费烦恼，但也绝没有余地让你奢侈。因此，女儿从不要求去昂贵的饭店吃饭，也从不说买什么名牌。最敢提的要求就是让她做几样拿手的家常菜。平均每月也会去外面挑个差不多的餐馆吃一次，基本吃的都是牛排。她不喜欢吃牛排，女儿喜欢吃。常常是她慢悠悠地喝着粥，看着对面的女儿张牙舞爪地对付牛排。

有一次，在一家老牌子西餐厅，她正看着女儿切牛排，邻桌的一个老外突然走了过来，用英语问候了她们母女。她听不懂，任凭女儿和他磕磕巴巴地对话，然后，那老外接过女儿的刀叉，替女儿切了起来。右手持刀，左手持叉，从左侧开切，一块一块，切了小半份之后才点头离开，回到自己的座位上。女儿悄声跟她解释说，这老外见过她们两次，每次都瞄她们，应该是早就发现她切牛排的方法不对，这次忍无可忍，才冒着失礼的风险过来给她做了示范。

女儿的初中和高中都在赫赫有名的八中。初中都是平行班，到了高中又分出了十个国际班。女儿读的就是国际班。八中的平行班和国际班在全省都是数一数二的好，只是平行班的目标是考国内大学，国际班的目标是考国外大学。平行班花钱少，国际班是全外教，高中毕业拿的是中方和外方的双证，自然花钱也多。初中时女儿就是小学霸，考上平行班毫无问题，可就是一门心思想上国际班，说要去国外读大学。当然，前提是不缺钱。

“咱家还行吧?”

她看着女儿鼓鼓的小胸脯，明亮的额头，娇嫩的汗毛在阳光下一闪，一闪。

“你想好了么?”

“想好了。”

其实她有些隐隐的担心。国际班名声不大好，家长们非富即贵，都比赛着宠孩子。学霸虽然也不少，但不爱学的就更不爱学。她既怕她被欺负，也怕她太孤单。既怕她在钱上受歧视，也怕她染上拜金的恶习。有点儿左不是，右不是。

还好，女儿没有变成那样，她的成绩依然很好，一直是年级里名列前茅的学霸。高二上学期结束，成绩出来，她还考了年级第一。娘儿俩喜滋滋地聊天，女儿说：真没想到，国际班还挺适合我的。

“真没想到”，这个短句子当时就把她刺痛了。她问：那你当初是没想好吧？

女儿沉默。她乘胜追击说道，你没想好，可你当时哄我说你想好了，你知道这意味着什么吗？女儿说我现在不是挺好的吗？她不依不饶地说，但是回到出发点上，你这就太让我伤心了。你没想好，可是你却装出想好的样子，让我信以为真，才支持你上了国际班。上国际班，出国留学，对于我们的家庭来说虽然能够承受，但绝对是一个沉重的选择。所以我支持你上国际班的前提就是：你特别特别想出国，觉得出国留学是你最强烈的渴望和最坚定的目标，那我就满足你。但其实，你不是。女儿说现在确实是我最强烈的渴望和最坚定的目标啊。她说当时可不是，所以上国际班就是很大的冒险。设想一下，如果现在还不是呢？那就意味着，我花这么大代价让你出国留学，你也不过是混日子。你得知道，我们不是千万富翁，没有条件随随便便地允许你去这么混日子。与其混日子，那不如就在国内混，最起码也熟悉国情，更不用分离两地，见面也方便，花钱也少。省下来的钱，做个生意什么的也好。你算过这笔账么？我供你在国内读大学，四年不过十万，国外就要超百万。辛苦程度大不相同。同样是混日子，我为什么要花百分之二百的辛苦，而不去花百分之五十甚至三十的辛苦呢？我心里也不平衡的你知道吗？

说着，她哭了。女儿也哭了。哭了一会儿，女儿擦了擦泪，说：妈妈，对不起。

以后，女儿更加努力。没有上雅思课外辅导班，雅思也考了八分，成为国际班的一个传说。国际班的孩子，没有上雅思课外辅导班的，就她一个。高三上半学期刚结束，她的 Offer 就拿到了八张，全都是世界排名前五十的大学。最终，女儿挑的是一所加拿大的大学，她问女儿为什么不去美国，女儿说加拿大的节奏慢一些，好适应。大学期间去美国可以当交换生，很方便的。而且将来读研也可以去美国。

“再说加拿大这边奖学金也不错。学费也少得多。”

她当即发飙，斥责女儿，谁让你考虑钱的问题了？女儿撒娇地抱着她，说：“妈妈，我知道你不容易。以我现在的能力，省钱就是挣钱了。不会耽误我的前程的，放心吧。”

确定了学校之后，女儿仍然每天学到深夜，问她在做什么，她说在考 AP，是 Advanced Placement 的缩写，即大学预修课程。

所考得的学分可以抵扣大学入学后相应课程的学分，而国外很多大学的学费都是按学分收钱的。她说上两届他们学校有一个很牛的学长去读加州理工伯克利分校，入学时带的学分就有二十六分。女儿说她最少也能带十五分入学，还说进校后会有一次新生摸底考试，成绩也可以换作学分，她有把握再挣来十五分。一个学年的学分总共才三十，她全考出来，就生生省出了一年的学费。——女儿还是在挣钱。

毕业典礼上，女儿的名字被反复提起，还作为毕业生代表发了言。言辞自然是俗气的煽情，她一直忍着没哭。典礼结束，和班主任合影的时候，班主任讲的一件事倒是让她泪崩了。班主任说，女儿有一次犯了一点儿小错，班主任要惩罚她，让她拿出五十块钱给大家买水喝。以前也这么惩罚过别的学生，都没人说什么。国际班的孩子，在咖啡馆做作业，一顿午饭三四百，太正常了。这五十块钱算什么呢？可是女儿倔强着，不肯。她对班主任说：我犯的错误我来承担后果，我可以给同学们整理课桌、倒垃圾、擦玻璃，但是不能交这五十块钱。因为我现在不挣钱，这五十块钱是要妈妈来出的。我如果交这五十块钱，等于用我自己的错误来惩罚妈妈，这不公平。

12. 升　迁

这一年夏天，终于轮到她了。她被提拔成了报社的中层。很自然地，来找她办事的人慢慢地多了起来。有人一进门，不用说话，或者电话一接通，不用开口，都会有那种气息扑面而来：恳求的，索要的，软弱的，卑微的……他们是穷人，她知道。相比于他们，她是富人。被他们找，面对他们，她笑着，却常常是烦躁的。偶尔也会有微微的满足，可是在满足的一刹那，她也知道，无比清楚地知道：这刹那中满足的自己，也有一种让自己厌恶的可怜。

那些送礼的人，送的东西还真是五花八门。化妆品、茶叶、茶具、水果、牛奶、红酒、真空包装的鸭子、驴肉、牛肉、马肉……她最喜欢的却是卡，超市的购物卡，特产店的取货卡，书店、酒店、美容店、足疗店的储值卡，还有其他的各种卡：信用卡、瑜伽卡、游泳卡、理发卡；还有无孔不入的积分卡：航空公司、洗浴中心、药店、干洗店，甚至连门口的大盘鸡店都有。

也是有趣：薄薄的一张卡，看起来那么收敛，那么低调，内容却那么丰饶，自由度也抵达了最大，可以随意转送。——持卡的人，是富人。一张张薄薄的卡压在卡包里，居然也有了这么重的重量。卡包的形式也是有趣：一层，一层，又一层。每个层面都是一个世界，这么多层面几乎就构成了一个完整的世界。谁在谁上面，谁压着谁，这都不重要。只要将卡包立起来，卡们就都如同书页一样站在那里，卡卡分明，张张平等。

出差越来越频繁。只要有机会，她统统去。反正也是一个人，不如出差。她的级别不能坐商务舱，但是里程数急剧累积，她得以经常被升到高端经济舱。她喜欢翻看飞机上的直投杂志，沉甸甸的，全铜版彩印，豪华精美。这一期的主题是金子。国际金价下跌在中国掀起了轩然大波。“中国大妈疯狂抢金”，“金店是中国人密度最大的地方”，“在金店买金像在买大白菜”。她把目光定格在“中国人去加纳开金矿”，加纳，她只隐约记得这个国家的足球队很厉害，在某次世界杯上成了一匹黑马，杀得很靠前。采访的对象是个广西人，他说他们老家已经有很多人因为去加纳采金而成了千万甚至亿万富翁。他说当地还是酋长制，很多土地是酋长的个人财产，只要和酋长谈好，只交过进场费即可采金。进场费通常是两万五千赛地，赛地是加纳货币，换算过来才五千人民币，几个月下来，运气好的话，一个五十人左右的团队能收获几十斤黄金……

她用指尖轻轻地触摸着纸面上金灿灿的图案，那个金饰是生肖虎，通过极端简洁的线条可以清晰地确认虎头上的王字标志和那张咆哮的虎嘴。她把手指放在虎嘴上。这虎的嘴巴张得真大啊，这贪婪的、凶猛的、吞噬一切的嘴。

工作的内容有一半是开会。大会、小会、长会、短会、内部会、外联会、必须发言的会、只能沉默的会。无论开什么会，都有人负责口若悬河、滔滔不绝。能说也会说的人真多啊，开会的间隙去散一会儿步，逛个商场，也随时会陷入一场演讲灾难。楼盘推销，投资理财课程，身心灵培训，道德大讲堂……每当听见口才太好的人说话，她都有一种压迫感。如果他们的表达实在是好，她会专注地听，沉醉其中。他们的肢体、声音、气色、表情、眼神，连同那些消失在空气中的词汇，这一切都构成一种奇妙的氛围，她很愿意在其中暂时忘了自己。但是，只要从这个氛围中出去，她就会立刻清醒，迅速地把刚刚听过的忘掉。这些人，她想，这些人怎么就这么能说呢？怎么就这么会说呢？这是多么可疑的事啊。

还有那些喜欢诉苦的人，只要有自认为合适的场合和听众就会喋喋不休地诉说自己的不幸。“不幸福是一种耻辱。”不知道这是谁的话，按照这个逻辑，把这耻辱再展示出来，那就是双重的耻辱。也因此，当听到某人不止一次地复述自己的不幸，尤其是在两个人以上的场合进行复述时，她就会觉得这种复述已经带有相当的表演成分。单独的一对一的讲述总还是稍微私密一些，这种私密会显得庄重，即使是表演，在技巧上也较弱些，接近于本色演出。

倒是看见那些穿得脏破的收废品的人，戴着一顶糟了檐儿的草帽，摇着用牛皮纸扎成的鼓，用一脸灰尘衬着道路两旁的绿草如茵；或者是卖水果的小贩，小心翼翼地拎起一串串的葡萄，择着那些裂了口或压出水儿的。这些葡萄洗洗是能吃的，他们不会扔掉。然而他们舍不得吃，孩子放学后来帮忙，这也是一个打发的零嘴儿。他们一边整理水果一边用扇子赶着飞来飞去的小蝇，看着街上穿梭的人流，眼神茫远——虽然不知道他们姓甚名谁，每天能赚多少钱，他们的亲人和他们的关系怎样，多长时间能够喝一回酒、吃一回肉，水费多少，电费多少，孩子们的学费又是多少——对于他们，她什么都不知道，但是，很矫情的是，她觉得他们很亲。这些为生计操劳和奔波的人们，让她觉得像是陌生的亲人。本质上，她觉得自己和他们没有什么分别，尽管看起来她比他们过得体面，更像个有钱人。不是么？信用卡的网上积分乐园她隔天就会一逛，看一看有什么合适的东西，以免那些快到期的积分被浪费掉，虽然一万分也不过几十块钱；餐馆发放的“下次消费××元才能使用××元”的流氓赠券对她永远有吸引力；吃自助餐总是会吃撑；看到路边摊上的便宜东西就按捺不住惊喜；在商场买了打折的衣服，对外的报价必须是全额……所以，那次看新闻说，几个第一次坐飞机的妇女把救生衣当成赠品拿走了，她没有嗤笑。她很理解，非常理解。

那一次，她被请客，吃完饭，请客的人开车先走了，她和几个人走路回去，有一搭没一搭地说着闲话。有人问：“不知道花了多少钱？”没人回答。寂静中，她却报出了准确的数字。有人惊诧地看了她一眼，她有些后悔。但她控制不住。——饭局快结束的时候，她上卫生间的间隙，到总台问了一下账单。她总是被请客，不用买单，可她总是控制不住地要算花销，控制不住。一群朋友吃饭，夹杂在一群抢着买单的人群中，她谨慎地把握着分寸和尺度，一定不会是第一个拿出钱包的人，也不是最后一个放回钱包的人。

女儿大二那年，她把图文中心转让了出去。因为实在是忙不过来，也因为利润大不如以前，另有一个最主要的原因：她经常会觉得累，乏力。怀疑自己到了更年期，可是例假还准时足量。去看了很有名的老中医，老中医说她是亚健康，建议她尽量减负，好好调理。待店出了手，她憨吃憨睡了一段，添了几斤膘，果然就感觉好了很多。“不是谁都有条件减负的，想减就减，这是福气。你熬出来了。”同事们都这么说。

的确，就世俗的评价标准而言，既微妙又分明的是，她的日子看起来是越过越好，圆润通透，几乎无可挑剔。就连本来还是个问题的离异之身，也慢慢不再让人怜惜，由问题转化成一个让人兴致勃发的话题，仿佛蕴含着什么值得期待的可能性。不是么？虽是徐娘半老，到底风韵犹存，且从物质到精神都如此自洽，在适龄的范围内，真算是一个不错的婚恋对象。因此，只要她想摇曳，便有枝头过风。忖度着条件给她介绍的，由远及近兜着圈向她一点一滴靠拢的，按捺不住跳出来毛遂自荐的，种种情状，不一而足。但她懒得认真接招。

7月，五哥又打电话来，约她出去。她照例说忙，他照例说要来办公室找她。窗外蝉鸣燥烈，想起以前的种种，她突然任性地失了控，说：“有事就直说吧。不能办的事，见面也办不了。能办的事，不见面也能办。”电话那边顿了顿，终于还是说了，是他孩子上小学的事。她静静地听完，说:“知道了。我试试看，你等我消息。”半个月后，他再问，她回:“校长们都是大爷，手机都关机，办不成啊。”他无奈道:“好吧。我再想办法。”本来她想要加个“抱歉”的，终于还是咽了下去。何必假惺惺呢，该抱歉的是他。这个蠢货，本该戛然而止的关系，他非要续上一条多余的尾巴，且是一条烂尾。

若有一点儿闲暇，她也宁可跟豆腐心泡在一起。豆腐心对她从来就是淡淡的，一如既往，是她对她越来越依恋。吃饭的时候，豆腐心说她:“你少吃点儿，留点儿余地。知道不知道啥叫七分饱？十分饱的都是饿死鬼。”她们喝完的矿泉水瓶子，豆腐心远远地看着一个拾荒的老人，就特意走过去把瓶子递过去:“阿姨，给你。”老人接了过去:“谢谢。”花白的头发在风中飞舞。她们冲着老人笑笑，快步离开。媒体界评一个什么奖，她也有作品参评，豆腐心是评委，评奖结果出来，她知道自己得了奖，连忙给豆腐心打电话，手机一通，豆腐心就说:“我可没投你的票。”简单粗暴得让她走神，可回过神来却更依恋豆腐心。常常地，她觉得豆腐心的存在像小小的神迹。可不是么？既狠辣，也慈悲。既宽阔，也深刻。既坚不可摧，又仁爱柔软。怎么会有这样的人呢？

有一次，她们在咖啡馆喝咖啡，听见邻座说着生硬的普通话:“中国人，不休息，节假日也工作，拼命挣钱，挣钱后也不吃好的，穿好的，而是要挣更多。挣了很多以后就买房子，小房子，大房子……”她回头看，说这话的是一个外国男人，坐他对面的是一张中国面孔，那男人彬彬有礼地笑着，点着头。豆腐心说，得了别看了，人家说的也是你，你也是这德行。她坦然道，是啊，我就是这德行，和我的广大同胞一样，我就是这么努力就是这么励志就是这么勤劳就是这么伟大，怎么啦怎么啦。两个人笑着。在豆腐心面前，她简直有点儿像受虐狂。

豆腐心也是离异单身，孩子也上了大学，平常也是一个人。时不时地，她喜欢去豆腐心家蹭住一夜。她喜欢豆腐心的家。其实她家不大，但就是干净，利落，甚至空旷。一件东西都不多，疏疏朗朗的，简直——像酒店。豆腐心说：该扔的东西都扔了，家里就成这个样子了。你也要学会扔啊。她嗯嗯嗯着，却也迷茫着，到底什么是该扔的呢，她一直不清楚。——她忽然知道了自己喜欢住酒店的最深层原因：酒店就是最简洁的存在。存在的都有用，有用的都存在，如此而已。一点儿多余的东西都没有。

13. 清　场

女儿大三那年夏天，暑假期间，她请公休假去了加拿大，和女儿一起到温哥华、多伦多和蒙特利尔等几个大城市旅行，最主要的目的是看房子。郑州的房子她只留下了一套自住，其他的都变了现，兑成外汇，用各种渠道汇到了女儿在加拿大的账户上。她打定主意实践被豆腐心嘲笑的德行，要给女儿早早买好房子，让她毕业之后必须拿到绿卡，顺利移民。

一切如她所愿，除了生病这件事。假期的最后三天里，她的皮肤变了色，一天比一天发黄。母女俩一起回了国。第一件事就是去了几个医院，确诊是胰腺癌。她在肿瘤医院做了最基础的治疗，没有住院。事情很多，她怕来不及。她把手头仅有的这套房子挂到了中介。如果将来由女儿售卖，肯定既麻烦又吃亏。接下来就是更具体的清场。她开始处理家具。沙发、跑步机、立式空调、餐桌……由大到小，全部挂到二手物品交易网站上。深夜时分，女儿睡了，她还在整理东西，像一只老鼠一样，在房间里窸窸窣窣。拾掇拾掇这个，拾掇拾掇那个。真累啊，她坐在这一堆东西里。都是些什么东西啊：一次性牙膏、一次性剃须刀，最多的是一次性拖鞋，一种割绒面料，算是质量好的，虽然鞋底不过是一张硬纸板。还有一种鞋底鞋面都是厚缎的，格外旖旎，可以折叠成小小的一团，坐飞机或者坐长途车的时候用。当服务员告诉她这是免费的时候，她简直喜出望外。她每天都把新发的拖鞋放在行李箱里，住了三天酒店，她装了三双。三双颜色还都不一样，一双红的，一双黄的，一双紫的。其实到现在为止她只穿了一双红的，底子已经稍微有一些黑了，是她的脚磨过的痕迹。黄的和紫的还在等着她穿。她原以为，那两双十年二十年可能都穿不到她的脚上。现在她知道，她永远都不能穿到脚上了。

房子卖掉后，她和女儿租了一间小房，是她刚来郑州工作时的那种房子，只有一扇窗户的大通间。够用了。

抽空回了一趟老家，给父母上了坟，又看了看哥哥和弟弟，给他们分别放下一些钱。哥哥农闲的时候最常做的事是给一个工厂倒送白矸，干足一个月能挣两千多。嫂子在镇上一家工厂的职工食堂工作，月薪一千五。因为她会烙油饼，后来又加了两百。夏天会经常分到西瓜，冬天会分到一些反季节蔬菜，每到中秋春节等重要的节日可分得大米若干、食用油一桶。她对自己的这份工作很满意，也很珍惜。有一段时间因为颈椎的问题引起了胳膊疼，她也舍不得放弃。后来到底挺了过来。弟弟两口子都下岗了，开过药店，也开过游戏厅，最近又在摸索着做旅游中介，每给旅行社介绍一个游客，他能抽成十块。最近一个月，他在这个项目上赚了三千。

这些年，对这兄弟两家，她没有直接给过钱。他们跟她张过几次嘴，她都咬着牙没有松手。给母亲和奶奶钱是分内的尽孝，对他们，她不能开这个头儿。她见过太多的凤凰男凤凰女，因为源源不断地输血给老家的亲人而不得翻身，一辈子只能干巴巴地站在坑里，还直接连累了下一代。这些人真是自不量力，糊涂。那些指望你帮衬一把的人，等你有事的时候压根就别想指望他们，所以在帮衬他们之前，必须得先把自己的日子过好。“救急不救穷”，老话早就说明白了。

午饭是在哥哥家吃的。嫂子手忙脚乱，简直不知道该怎么表达热忱，炒了一桌子的菜，还包了饺子。

“都挺好的，这日子。”她频频颔首，笑着说。

“你现在的工资多少？”哥哥问。

“没多少。”

“没多少到底是多少？”嫂子追问。

“反正比你多。”

“那该不比她多！”哥哥笑，“也是应该的。你在大城市么。什么都要钱。”

火有点儿大，饺子煮破了。她先把漏了馅儿的那些挑出来，一个一个吃掉。还喝了一点儿酒，酒杯用时间太久了，多多少少都有点儿磕破了边儿，换个角度去看，还挺有点儿艺术感。她忽然看见自己脖子上戴的黄玉观音。那年出差去新疆喀什，免不了要买玉，那么多的黄玉观音，她就相中了一个额头有疤的。老板娘很实诚，结账的时候，忧心忡忡地看了她一眼又一眼，终于还是道：“你看好了？”

“看好了。”

“它的额头有疤。”

“我知道。”她说，“我买的就是这个。”

“那，给你打个折吧。”

在她的犹豫中，老板娘爽快地打了折。其实她很想说不用打折，不打折更好，但是，她没有说出口。有毛病就该打折，天经地义。如果她坚持不让打折，这未免太失常理。但是，这种被打折又让她有些莫名其妙的难过。——说到底，还是穷吧。她觉得自己不配用更好的。这样不完美的东西，和自己更搭。

现在，这尊有疤的观音就戴在她的脖颈上，散发着温温的暖意。

终于，她住进了医院。除了豆腐心，她拒绝别人探视。她坚持不做手术，保守治疗。挨到最后，很疼了。女儿在一边哀哀地哭。她摸着她的头，安慰她说:“乖，疼不了多久。很快的。还好，你的暑假时间够长，估计不会耽误你开学。”

她开始读经。读《六祖坛经》《百喻经》，《心经》最短，她很快就可以倒背如流:“观自在菩萨，行深般若波罗蜜多时。照见五蕴皆空，度一切苦厄。色不异空，空不异色，色即是空，空即是色，受想行识，亦复如是。舍利子，是诸法空相，不生不灭，不垢不净，不增不减。是故空中无色，无受想行识，无眼耳鼻舌身意，无色声香味触法，无眼界，乃至无意识界……”

在最后的昏迷到来之前，她对女儿说:“骨灰盒随便买一个，能用就行。骨灰随便撒在哪块地里，做肥料挺好的。”

终于吐出了最后一口气，享年四十三岁。女儿给她擦洗，用清水和泪。这个悲伤的少女并不知道，远远看去，她母亲的身体仿佛是一堆不成形的大便，被什么巨兽刚刚排出体外。也仿佛是一堆陈旧的金子，被什么人刚刚从古墓里挖掘出来。

卧铺闲话

1

那应该是2018年的初秋吧，我去江苏东海开了一个会，返程是下午四点四十六分的火车，是一趟K字开头的火车——彼时那趟线路还没有开通高铁。我在第一次坐火车的时候就知道一个说法：K代表“快”。而如今，这K却意味着慢，有种声东击西的幽默感。

不过，即便还没有开通高铁，也可以选更快一些的方式。连云港也有机场，只是航班不直飞郑州，若是转飞，折腾来折腾去，那就还不如火车，哪怕是慢些的火车。毕竟是在陇海线上，虽然慢，却可以直达。这时候的慢，又成了另一种意义的快。

我的票是软卧车厢的一号下铺。上了车，到了包厢门口，厢门紧闭。我敲了敲门，没动静。拉了两下，没拉开。正准备再去拉，里面便有人替我拉开了。是个老爷子，看着有六十出头，黑红脸膛，十分方正。拉开门后，他便又躺在了方才的铺位上，那正是我的铺位。待我说明，他便起身，坐在了对面。那里已经坐着一个老太太，也是六十出头的模样，身材已经发福，脸盘却隐约透着当年的娟秀。她铺位板壁的衣钩上挂着一个鼓鼓的大塑料袋，清晰可见装着鸡蛋、卷纸、苹果、馒头、面包之类的物事，还有两桶红艳艳的方便面。

我想把行李箱放进包厢门顶上的行李搁架，却又懒得那一托举。正犹豫着，却听见老太太说:“放那儿吧。”

她指的是茶几底下那一小块空地，应该能放下一个小行李箱。

“会不会不方便?”

“没事。”

相对一笑。我放好行李，坐下。老夫妻说了几句话之后，老爷子身手矫健地爬到了上铺，翻看着一本杂志。

“二位从哪里上车的呢?”我寒暄。

“连云港。”女人说。

这问题问得，真够蠢的。可不就是连云港么？也只能是连云港。东海的上一站就是连云港，连云港是这趟车的始发站。

“去哪儿呢?”

“兰州。”男人说。

男人的口音像是西北人，女人的口音却像是连云港这边的。

“你们是连云港人？去那边旅游?”

“我们就是兰州人。”

“哦。”

我喜欢兰州，兰州的面，鲜百合，三炮台，都好。兰州人说话也好听。还有兰州这个地名，美极了。

2

安顿好了，我忙着打电话处理事。老爷子在上铺翻书，老太太看着手机，也不知在看什么，不时笑出声来。六点钟，外面过道上响起了叫卖晚饭的声音。老太太一样一样地拿出了塑料袋里的吃食，招呼老爷子下来。小小的空间很快充盈着丰饶气息：茶叶蛋的咸香，苹果的甜香，方便面的酱香……

我素来不喜欢在旅途上吃东西，就什么也没吃。老两口吃饭的声音格外响亮，唉，真是太响亮了。

“你不吃饭哪?”老太太说。

“不饿。”

“吃点儿吧。”她把一个馒头递过来。

“谢谢，我真不饿。”

她收回了手，继续吃着自己的。吃完了，也收拾完了，她又把馒头递过来:“多少得吃点儿啊。”

她这样，可真像妈妈。普天下的妈妈，都是这样吧。

“这馒头是我自己蒸的，好吃着呢。”她说。

我接过来。是的，“自己蒸的”，这对我有着巨大的吸引力。所有家庭主妇亲手做的吃食，尤其是面食，对我都有巨大的吸引力。她们自是各有各的风格和喜好，却也有共同之处：结实、筋道、耐心，用韩剧《大长今》里的说法，就是充满了对食物的诚意。

平日里，我从不在超市买馒头。我吃的馒头都属于特别定制——姐姐在乡下蒸好，要么托人捎，要么走次日即达的快递。收到后我就把它们冷冻到冰箱里，随吃随取。

手中的馒头暄软圆白，白中还泛着一层舒服的微黄，散发着我熟稔的面香。

“我放了碱的。”老太太说。

“嗯，我看出来了，碱色揉得匀，好吃。”

“榨菜呢！”老爷子对老太太喊。老太太闻声答应着，却把榨菜朝我递来，我这才明白，老爷子是在提醒老太太让我吃榨菜，却不直接跟我说。这是什么规矩呢？尽管有那么一点儿封建，却也有那么一点儿可爱。

在老太太的指导下，我把馒头一分为二，在瓤里夹上榨菜，一边吃一边夸。作为一个接受馈赠的人，这是起码的教养，我懂得。

老太太看着我吃，脸上笑意盈盈。

“你们河南人也会蒸馒头，对了，你们还会做那个烩面——”她说。

我也忙回敬：“你们的兰州拉面……”

“不叫拉面，叫牛肉面。”老爷子突然说。

老太太朝我使了个眼色，跟着说：“兰州人都叫牛肉面。”

“对对对，是牛肉面。”我马上承认错误。这错误对我来说不是初犯，还真是记吃不记打。我在“今日头条”上发过的唯一一条阅读量过十万的帖子就是说在兰州吃拉面如何如何，被网友们抨击得一塌糊涂。上百人跑到评论区对我科普：兰州没有拉面，只有牛肉面。嗯，这是一个严肃的学术问题。

3

睡觉还早。那再聊会儿天？

“你们去连云港是有啥事？”

“看外孙子。闺女嫁这里了。”

“您几个孩子？”

“就这一个闺女。给了这儿了。”

“怪不得呢。得常来吧？”

“嗯。太远了。”

“是远。”

“你们可以今年来看她，让她明年过去看你们。”

“不行。他们没假。闺女回去待不了几天，最多也就一个礼拜。我们退休了，来看她方便，想住多久住多久。一百四十平方米的房子，还带有阁楼，住得倒是挺宽敞。”

“哟，那真不错。”

这是成人子女和父母之间最常见的模式。那姑娘应该是八零后。这是一对公职夫妻，他们青春盛年的时候，计划生育正是铁律，所以他们只能有这一个独女。女儿成人后远嫁，他们也就只能千里迢迢地来看她，和她的孩子。

“小外孙多大了？”

“小学三年级，九岁。”

说着便翻开手机，给我看外孙子的照片，虎头虎脑的一个壮小子。

“多好啊。你们三代同堂，这就叫天伦之乐。”

“乐是乐，其实也可累。一天三顿饭，还得打扫卫生，洗衣裳……忙得停不住。我跟闺女说，再往这儿多跑几回，我就得少活两年。她说，不叫你干你非干。唉，我是闲不住呀，看见啥就要干，想起啥也要干。可是身体真不行了，顶不住。只能走，眼不见为净。回去歇歇，歇过劲儿了再来。”

老爷子咳嗽了两声，从上铺下来，摸出了烟，出了包厢。老太太看着他的背影，神情顿时明显松弛：“又去抽，有啥可抽的。咋说也不听，费钱又伤身。”

“费钱还在其次，主要是伤身。”

“就是说呀。一劝他就说，习改常，生祸殃。”说着就笑了。

我也笑。

“还可好打麻将。打得可勤。”

“打麻将也不是坏事，只要时间不长。可以锻炼脑子，据说还能预防老年痴呆。”我说。

老太太沉默着，没有接话。大概是觉得此话不投？那就换个方向投投试试：“不过呢，也容易出事。我妈就喜欢打麻将，在老家县城，五块钱一把，一下午输赢有四五十，可没少生气。回家就气得摔锅打碗，下回还去。”

“他打的是一百的！”老太太的怨气终于撒了出来，“一场下来，都要输个两三百。都是和他的侄子外甥打，赢了不给他钱，输了就赖他的账。我一说，他就是那句：肉要烂在自家锅！”

我笑。

老爷子进来了，看了老太太一眼。

“您蒸的馒头太好吃了。”我说。

“我这儿还有饼哩，更好吃。”老太太说，“也是我自己做的。”

这一瞬间，两个连对方的姓名都不知的、只认识了两个多小时的女人，抵达了最大的默契。

4

手里的饼微微有些暗褐色，圆鼓鼓的，娇小玲珑，轻按一下，却是硬硬的，没有弹性。我说看起来有点儿像面包呢，老太太反复强调，不是面包，就是饼。是用烤箱烤的，是核桃饼。怎么做？用油和鸡蛋和面，然后加入核桃碎，烤出来就是这样，酥香得很。

“你尝尝，尝尝就知道了。”

我接过来：“是甜的？”

“咸的。”

果然比馒头还好吃。细腻的饼屑纷纷往下掉。我忙抻掌接，接到掌心里怎么办？当着老太太的面，扔了也不合适，再说也真是好吃。于是就舔。看着我的狼狈样子，老太太笑得倒是很开心。

我自是极尽赞美，说郑州街上虽也有卖的，却不如她的手艺。老太太得意道：“那些开店的，咋舍得放这么多好馅料？”又说核桃是好东西啊，补脑子。你看核桃仁的样子，多像脑仁。

我吃着听着，频频点头。原料的样子像什么，吃进肚子里就会补什么，这真是典型的中国式的民间逻辑。吃肝就补肝，吃肺就补肺——吃爪子什么的就补手？年轻的时候我会较真儿，现在却不会了。当个有趣的闲话就好，都去较真儿还有什么意思？

甘肃我去过多次。就聊起了静宁的苹果、苦水的玫瑰。老爷子也起了插话的兴致，比画着说静宁的苹果出口日本呢，那么大，那么红。

“就是贵。我们就买那些不能出国的，一样好吃，还便宜。”老太太说。他们的神色都骄傲得很。又说有个亲戚家就在苦水，苦水玫瑰今年行情不大好：“去年一百块钱一斤，今年只有三十了。”

“哎呀，太心疼人了。”我大声表达着惋惜。

老爷子又问我去过陇南没有。我说去过。原来他老家是在陇南。我说陇南好呢，不缺水。在甘肃，不缺水的地方少。

老爷子点头，庄重地重申：“不缺水。”顿一顿，“离四川近。离九寨沟才两百多公里。”

“真是好地方。”

“是好地方。”

我说我还去过甘南，老爷子说他年轻时出差常去，甘南也是好地方。又说起敦煌，当然更是好地方……好地方真多呀。凡是住人的地方，哪有不好的呢？不好的地方，人怎么能长长久久住得下呢？

老太太的手机响了，只唱了一遍铃，她就接了起来，口里喊着心肝宝贝，问吃饭了没，吃的啥饭，作业多不多。再过一会儿换了口气，显然是在跟孩子妈说话，说吃过饭了，没啥事，一会儿睡。包间里就仨人，我跟你爸，还有对面下铺一个女的……

——对面下铺一个女的，肯定是我啦。不过，也没错。我可不就是对面下铺一个女的么？呵呵。

老太太聊了半天，又把手机递给老爷子，老爷子哼哼哈哈，三言两语就收了线。老太太埋怨他怎么挂了，老爷子说，不过就是那些个老话，明儿再说吧。

老太太悻悻地把手机收起来，开始一件一件地脱着外套、毛衣和裤子。最后只剩下秋衣秋裤，四仰八叉地躺倒在铺位上。突然间，她放了一个响亮的屁。

我们一愣，都大笑起来。

“有意见就好好提嘛。”老爷子来了一句，我们笑得更欢。

其实，我很想学她的样子，宽衣躺下。那多惬意。可是，不能。不能的还有老爷子。她和他是夫妻，不用避嫌。她和我是同性，也不用避嫌。这三个人里，享有跨界自由的，唯有她啊。

5

十点钟，顶灯熄了。我早早开了小壁灯，晕出一小片光。老太太也摸索着开了小壁灯。

“你多大啦?”她说。是还想聊上几句的意思。

“四十。”

“你可不像。面嫩。娃娃多大了?”

“十五。”

“是个啥?”

“男孩。”

“男孩好。”

“您闺女多大了？”

“三十六。”

“刚才看照片，长得像您。您年轻时一定是个大美人。”

她有些羞赧：“年轻时还能看。如今老了。不像个样了。”

“现在也好看呢。老有老的好看。”

如果不是顾忌着老爷子，我很想勾她聊聊当年婚嫁的事儿。那一定挺有意思的。——再没意思的事，多年过去回想起来，也会显得有意思。何况婚嫁这样原本就有意思的事儿呢。

老爷子的鼾声已经轰炸了过来。

“会影响你吧？对不起啦。”老太太说，“我是惯了。”——听了几十年呢，还能不惯？

“没事，我一会儿就下车。”我说。我下车的点是将近子时，不耽误回家睡一个整觉。

很快，老太太的鼾声也响了起来，和老爷子的一轻一重，构成了二重唱。再配着火车的节奏，够热闹的。想打个盹儿也不可能，那就听着吧。

黑暗中，我闭着眼，在这热闹里，渐渐地，却沉浸到一种踏实的安静中。自打高铁面世，它就成了我的出行首选，许久没有坐过这种夜火车了。咣当咣当，稳稳的。高铁，怎么说呢？虽然是快，却是一种单纯的快，总怕错过了站，更像是赶路。而这夜火车，却是慢中的快，也是快中的慢。这种感觉，真是美妙。

美妙的还有这一对平凡的老夫妻。我忽然觉得，若不是担心坐过站，我肯定也能在他们的鼾声里睡着——他们的鼾声于我而言，并不怎么陌生。就像他们的家长里短和喜怒哀乐，我也都不怎么陌生。我甚至有些自负地认为，他们没说出口的那些，我也能推测出个八九不离十。因为，我和我周围的人，我们的生活和他们的生活，从根底上去看，都是一样的。真的，都一样。

我爱他们，我爱他们这一切。而我这个无能的人啊，表达这爱的方式，也不过是在这短暂的旅程里，去最大程度地迎合着他们，和他们乖乖地聊一会儿天。好在他们也喜欢和我聊。我猜想自己在他们眼中是这样的：一个脾气不错，话挺多，敦敦实实的，喜喜兴兴的，胖姑娘。